Langenscheidt

Stop Thief! –
Haltet den Dieb!

von Dagmar Puchalla

Langenscheidt

Berlin · München · Wien · Zürich · New York

Lektorat: Barbara Müller
Muttersprachliche Durchsicht: Charlotte Collins
Zeichnungen: Anette Kannenberg

Für Katharina,
die mich nicht nur mit ihren Ideen
unterstützt hat.

Umwelthinweis: gedruckt auf chlorfrei gebleichtem Papier

Druck: Druckhaus Langenscheidt KG, Berlin-Schöneberg
Printed in Germany
ISBN 3-468-20435-3
www.langenscheidt.de

1. 2. 3. 4. * 08 07 06 05

Inhalt

So eine Katastrophe

Mittwoch

Es regnete. So what! Egal! Rain, rain go **away**, come again **another** day …

Patsy grinste und sprang in die nächstbeste Pfütze. Sie war tierisch gut drauf.

Seitdem ihre Freundin Lina umgezogen war, gab es ungeahnte Möglichkeiten für die Bande der Four Tops, der Vier Besten! Linas Mutter hatte nämlich erlaubt, dass auf dem Speicher ihres neuen Häuschens ihr Bandenquartier eingerichtet werden durfte. Und das war der Plan für die kommenden Sommerferien. Die Four Tops würden einfach eine geniale Zeit miteinander haben: vier beste Freunde, was brauchte man mehr?

Patsy sang laut vor sich hin: "I'm singing in the rain, **just** singing in the rain …"; sie war glücklich. Alles klappte wie am Schnürchen. Die Arbeiten lagen hinter ihr, bis auf diese blöde Mathe-Arbeit. Die Englisch-Arbeit hatte sie wieder super hingelegt. Außerdem hatten sie und ihre Bandenfreunde Lina, Jola und Ali ein riesiges Bild gemalt und eine eins plus in Kunst dafür gekriegt. Wenn sie großes Glück

---

away weg
another noch ein; *hier:* ein anderer
just nur

hatten, würde es sogar vor dem großen Schulfest in der Eingangshalle aufgehängt! Und außerdem waren es nur noch gut drei Wochen bis zu den Sommerferien. Die ganzen Ferien wollten sie zusammen verbringen, keiner von ihnen würde wegfahren. Kurz gesagt, alles war super.
Wild schüttelte Patsy ihre nassen Locken.

Home again, dachte sie, als sie an der Wohnungstür ankam. Sie dachte oft auf Englisch, fast so oft wie auf Deutsch, und manchmal ein seltsames Mischmasch. Das kommt davon, wenn man zweisprachig aufwächst, dachte sie immer, wenn sie es bemerkte. Aber meistens bemerkte sie es gar nicht.
Sie klingelte. Nichts passierte. Dann musste sie wohl doch den Schlüssel in ihrem Rucksack suchen … na, da war er ja auch schon.
"Mama! Maaamaaa! Dad! Daaaaaad!" Patsys Mutter war Deutsche, ihr Vater Engländer, genauer gesagt Waliser. Wales, das ist ein kleines Land in Großbritannien. "Daahaad!" Keine Reaktion. Aber sie hörte doch die Stimme ihrer Mutter aus dem Wohnzimmer!
"Mama, wo bist du? Dad? Daddy? Where are you? Where is **everybody**? I'm hungry! Hello! Heeellooo!"

---

home zu Hause
everybody jeder; *hier:* alle

Unterdessen hatte sie ihre nasse Jacke im Bad über der Wanne aufgehängt, die Schuhe fein säuberlich zu den anderen gestellt und ihren Ranzen in die Ecke gepfeffert. Nun riss sie die Wohnzimmertür auf.
Da saß ihre Mutter und telefonierte.
"Yes, oh yes, we like the idea. It's a very good idea and I'm **sure** we'll have a good time **together**."
Was sollte das bedeuten? Patsy ließ sich neben ihre Mutter plumpsen und schaute sie fragend an. Die aber sagte nur "Pscht, Patsy, das ist England." Aha. Patsy schwante nichts Gutes. "Who is it?", fragte sie.
"Aunt Margery", flüsterte ihre Mutter zurück.
Patsys Stimmung fiel schlagartig in den Keller. Ihr Opa – also der Vater von ihrem Vater und von Tante Margery – war vor zwei Monaten gestorben. Sie selbst hatte ihn kaum gekannt, ihn nur ein paarmal bei Familienfesten in Wales gesehen. Aber ihr Vater war seitdem sehr nachdenklich geworden. Er machte sich große Sorgen um Granny, also Patsys Oma, die nun ganz alleine in einem riesigen Haus irgendwo in Wales unter lauter Schafen lebte.
"Oh, our **holidays start in three weeks' time**. – No, no problem! **Anytime**! Patsy will take him ev-

---

sure sicher
together zusammen
holidays Ferien
start in three weeks' time fangen in drei Wochen an
anytime jederzeit

erywhere ..." Patsy stockte der Atem: "I will take him everywhere?", flüsterte sie. "Who? Ich meine, *wen* werde ich überallhin mitnehmen?"
"Wait a minute", wisperte ihre Mutter, "ich erklär's dir später."
Dann konzentrierte sie sich wieder auf das Telefonat: "**Of course!** You know how **well** she speaks English. She'll **just** love it!"
In Patsys Kopf wirbelten die Gedanken wild durcheinander. Außerdem mochte sie es überhaupt nicht, wenn ihre Mutter so über sie redete: Sie spricht sehr gutes Englisch blabla, nein, das mochte Patsy gar nicht.
"Yes – no, **it doesn't matter** when, Friday, Saturday, Sunday, or Monday, Tuesday, Wednesday, Thursday ... as you like. **We'll pick them up** at the **airport**. Please **call** again **as soon as** you know when – yes – yes ..."
Patsy hörte nicht mehr zu. "We'll pick them up at the airport", hatte Mama gesagt. "Them" ist Plural! Sie kommen! Wer kommt denn alles? Würde sie

---

Of course! Natürlich!
well gut
just *hier:* einfach
it doesn't matter es ist egal
We'll pick them up. Wir holen sie ab.
airport Flughafen
call ruf an
as soon as sobald

jetzt mit der ganzen Familie Sightseeingtouren unternehmen – die ganzen herrlichen Ferien lang? Patsy schlich hinaus in die Küche. Dort hockte sie sich an den Tisch. So eine Katastrophe! Sie mochte die Familie ja wirklich gerne, aber mussten die ausgerechnet kommen, wenn *sie* Bandenpläne hatte? Würde sie noch Zeit für ihre Freunde haben? Die Familie kommt und aus die Maus. **Nobody** knows the **trouble** I'**ve seen**, dachte sie. Patsy fielen oft Songtexte ein. Manchmal von irgendwelchen Lieder von den unzähligen CDs, die ihre Mutter immerzu laut hörte. So waren sie damals auch auf ihren Bandennamen gekommen: The Four Tops war der Name einer Band und passte hervorragend zu ihnen.

Manchmal schrieb Patsy auch eigene Texte. Gedichte, Geschichten, überall in ihrem Zimmer lagen Zettel herum. Irgendwann einmal würde sie daraus was machen und berühmt werden. Irgendwann.

Gerade wollte sie aufstehen und in ihr Zimmer gehen. Tagebuch schreiben. Musik hören. Abwarten. Aber jetzt kam ihre Mutter aus dem Wohnzimmer und seufzte. "Wir werden Besuch bekommen."

"Na toll, das hab ich auch schon mitgekriegt. Wer kommt denn alles?", fragte Patsy.

"Granny und dein Cousin."

---

nobody niemand; keiner
trouble Ärger
have seen gesehen habe

"Was? **Sorry**? Mein Cousin?" Granny war ja okay, ihre Oma eben – aber HENRY JAMES FITZGERALD? Das durfte doch nicht wahr sein!
"Henry James Fitzgerald? Dieser schreckliche, eingebildete, **stupid**, **boring** Henry James Fitzgerald? Der Typ, der immer mit einem Schirm rumläuft, sobald die Sonne scheint? Der kommt? Das darf nicht wahr sein. Meintest du am Telefon vielleicht ihn, als du sagtest, ich würde ihn überall mit hinnehmen?"
Bevor ihre Mutter antworten konnte, kam ihr Vater nach Hause. Patsy rannte in ihr Zimmer. Tür zu und zu ihrem Tagebuch.
Stinksauer schrieb sie drauflos: "Du lebst so vor dich hin / ohne Böses im Sinn / doch da klingelt schon / das blöde Telefon: Du kriegst Besuch – a visitor – du kriegst Besuch – **you've got** a visitor ..."
Wenigstens eine coole Textidee, dachte Patsy. "And he only speaks English / no German **at all** / he's **dumb** as a fish / and sixteen feet **tall**: oh no – a visitor – oh no – we've got a visitor ..." Auch nicht schlecht, not bad at all.

Sorry? Entschuldigung? Wie bitte?
stupid blöd
boring langweilig
you've got du hast
at all überhaupt
dumb stumm; *hier:* dumm
tall groß

Weiter kam sie nicht. Es klopfte an der Tür und ihr Vater schaute herein.
“Patsy, can I talk to you for a minute?”
Patsy wollte aber nicht mit ihm reden, sie wollte überhaupt nicht reden. Es war doch sowieso nichts daran zu ändern.
“Please, **darling**”, bettelte ihr Vater mit diesem traurigen Hundeblick, den er in letzter Zeit öfter hatte, da konnte man ihm einfach nichts abschlagen.
“Okay”, sagte sie endlich.
Sie setzten sich auf Patsys Bett mit dem neuen, von ihrem eigenen Geld gekauften Kuhbezug. Patsy liebte Kühe. Vier Mägen, das muss man denen erst mal nachmachen.
“Listen, Granny's been **all alone since** Grandpa **died**. She needs **to get out for a while**. It's very sad to be alone in an empty house.” Ihr Vater schniefte. Oh nein, nicht traurig werden! Er steckte Patsy an, sie wurde auch traurig und vergaß für einen Augenblick ihre eigenen Sorgen. Arme Granny, ganz allein in diesem großen Haus.
Ihr Vater fuhr fort: “I want my mother to come here

---

darling Liebling
all alone ganz alleine
since seitdem
died ist gestorben
to get out rauskommen
for a while für eine Weile

and to be with us for a while. And when she's here, I want to make it a **wonderful** time for her. You don't have to be with her **all the time**", sagte er liebevoll und nahm Patsy in den Arm. Jetzt liefen ihm Tränen die Wange runter und Patsy heulte gleich mit.

"I'm **glad** you understand", murmelte ihr Vater erleichtert.

Aber da fiel Patsy ihr Cousin wieder ein. "**Hold on**, Daddy. What about Henry James …"

"… Fitzgerald?" Ihr Vater nahm ihr das Wort aus dem Mund. "**Well**. You know what? Granny has **never** been on a plane. This'll be her first time **ever**! And she's too scared to fly alone." Ah, da lag der Hase also im Pfeffer! "My sister can't come. She **has to work**. So **they're sending** Henry James with her."

"But he's **only** a child!", warf Patsy kritisch ein in der Hoffnung, dass ein Kind als unterstützender Begleiter für ihre Oma eigentlich nicht in Frage kam.

---

wonderful wunderbar
all the time die ganze Zeit
glad froh
Hold on. Moment mal.
Well. *hier:* Also.
never nie
ever *hier:* überhaupt
has to work muss arbeiten
they're sending sie schicken
only nur

Diary

"That doesn't matter. She only needs **somebody** to hold her hand." Ihr Vater putzte sich die Nase.
"Hold her hand?!" Patsy konnte es nicht glauben. Dieser blöde Typ sollte also nur mit, um Grannys Hand im Flugzeug zu halten? Aber halt, wenn's weiter nichts war, konnte er doch gleich wieder zurückfliegen!
Patsy schöpfte Hoffnung: "And why can't Henry James **go back** on the next plane"
"Patsy, we've invited him to stay here with Granny. It's good for the family. And we want you to help **take care of him**."
Das war's. Genau das war's. Nicht genug, dass er kam. Sie sollte auch noch auf ihn aufpassen.
"That's not fair, Daddy. You didn't **even** ask me. And I've got **plans** …"
"**I'm sorry**, Patsy." Ihr Vater stand jetzt auf. "We've got plans, too. And maybe you'll **make friends** with him. **At least**, I hope so. And now, let's help Mum **prepare** lunch."

---

somebody jemand
go back *hier:* zurückfliegen
take care of him sich um ihn kümmern
(not) even nicht mal
plans Pläne
I'm sorry. Es tut mir Leid.
make friends sich anfreunden
at least zumindest
prepare vorbereiten

“I’m not hungry”, schluchzte Patsy. Sie wollte nur noch ihre Ruhe haben, weiterschreiben und sich so bald wie möglich mit ihren Freunden treffen. Was würden Lina, Jola und Ali wohl dazu sagen?
Und Patsy schrieb: “Ich hatte mich schon so tierisch gefreut / Über endlich mal ganz viel Bandenzeit / doch da klingelt schon / das blöde Telefon …”

“Hm”, murmelte Ali nachdenklich.
“Na toll”, maulte Lina und fummelte an ihrem perfekt geflochtenen Zopf.
“Naja”, meinte Jola und biss in einen besonders großen Kartoffelchip. Kartoffelchips waren ihre Leidenschaft, sie hatte fast immer welche dabei.
Patsy nickte, so ungefähr hatte sie sich die Reaktion ihrer Freunde vorgestellt.
“Und? Irgendwelche Ideen, wie wir ihn beschäftigen können, oder besser: loswerden?”
Schweigen.
“Great – Four Tops in Top-Form! Four fools wäre ein besserer Name für uns. Vier Dummköpfe.”
“Sei doch nicht gleich sauer, uns wird schon noch was einfallen”, bremste Lina sie.
Lina war einfach super. Patsys beste Freundin eigentlich. Sonst waren sie sich fast immer einig. Auch über Klamotten und so.
Die vier saßen nebeneinander auf Jolas Bett und grübelten.

Jola kaute nachdenklich auf einem Chip: "Zaubern wäre jetzt gut, ihn zum Beispiel in einen Hund verwandeln, das wäre toll, ich wollte immer schon einen Hund haben, so einen mittelgroßen, total zotteligen, ungepflegten ..."

Patsy rollte mit den Augen. "Danke, darling. Jola, baby, du hast wohl zu viel Harry Potter gelesen. Gibt's vielleicht 'ne Möglichkeit ohne Zauberstab?"

Patsy machte das Warten wahnsinnig. "Lasst mich bloß nicht alleine mit diesem Typen."

Ein Kartoffelchip krachte in Jolas Mund. "Vielleicht ist der ja ganz nett, der kann mir doch vielleicht bei Englisch helfen."

"Hey, das tu ich doch schon", schnauzte Patsy sie an.

"Naja, du bist immer so ungeduldig, vielleicht ist der ja ein bisschen ruhiger als du."

Patsy wurde richtig sauer. "Klar, ihr würdet gut zusammen passen. Der ist sogar sehr ruhig, 'ne Schlaftablette ist der genau gesagt! You'll see!"

Lina grinste. "Ist doch 'ne prima Idee: Jola übernimmt einfach diesen – äh, wie heiß der eigentlich?"

"Henry James Fitzgerald! Das klingt wahnsinnig wichtig, findet ihr nicht auch?"

Alle wiederholten wie aus einem Munde: "Henry James Fitzgerald ... **Wow!**"

Lina klaute Jola einen Kartoffelchip: "Naja, 'n biss-

Wow! Mann!

chen viele Namen, kann man das nicht abkürzen? Sowas wie Hey Jay vielleicht? Hey und dann Jay, wie beim englischen Alphabet. Wie findet ihr das?"
Patsy brach in schallendes Gelächter aus. "Hey Jay! Mama singt immer 'Hey Joe', aber Hey Jay! Das ist gut, das ist verdammt gut!"
Sie stimmte an und alle fielen ein: "**Strong as leather**, we always **stick together** – the Four Tops, **yeah!** Mensch, jetzt geht's mir schon besser."
"Kennst du Hey Jay eigentlich näher?", wollte Ali jetzt wissen.
"Nö, will ich auch gar nicht. Hey Jay ist einfach ein langweiliger, gelackter, ewig grinsender Typ und mir total egal, **completely, totally unimportant**. Wir müssen nur die Zeit mit ihm rumbringen."
"Wie lange bleibt der eigentlich?" Lina stellte einfach immer die klügsten Fragen.
Patsy hatte keine Ahnung.
"Was weiß ich, wir wissen noch nicht mal, wann die überhaupt kommen. Der muss doch sicher auch zur Schule oder haben die in England Ferien? Vielleicht ist der auch zu blöd für 'ne Schule?" Patsy kicherte

---

strong as leather zäh wie Leder
stick together halten zusammen
yeah! ja! jawohl!
completely absolut
totally total
unimportant unwichtig

über ihren vermeintlichen Scherz, aber sonst lachte keiner.
Ali stupste Patsy von der Seite an: "Wollen wir nicht vielleicht erstmal abwarten? Könnte doch sein, dass er auch irgendwie okay ist, oder?"
Verräter!
"He's dumb as a fish and sixteen feet tall ...", murmelte Patsy nur.
"Sixteen feet tall?", fragte Jola erstaunt. "Das ist doch ganz schön groß, oder?"
"Quatsch, du dumme Nuss du, das is'n Song."
"Ach so, 'tschuldigung."
Jolas Tüte war fast leer.
Ali stand auf. "Mädels, ich muss nach Hause, die warten mit dem Essen. Ich weiß jetzt auch nicht weiter. Aber vielleicht können wir uns diesen Hey Jay irgendwie aufteilen, dann hat jeder mal frei, und jeder gibt ihm 'ne Chance ... oder auch nicht", fügte er mit Blick auf Patsy hinzu. "Außerdem finde ich es gar nicht so blöd, dass wir jetzt noch einen Mann dabei haben, dann bin ich nicht so allein ..."
Weiter kam er nicht.
Patsy stürzte auf ihn los. "Spinnst du? Der Kerl kommt nicht in unsere Bande, verstanden?"
Ali machte im richtigen Moment einen Schritt zur Seite und nahm sie in den Schwitzkasten. Patsy wand sich aus dem Griff heraus. "Mist, immer bist du schneller. Nächstes Jahr mach ich auch Karate."

Ali grinste nur. “Klar, komm mit, wenn du noch Kraft hast neben unserem Fußballtraining …”
Patsy knurrte verächtlich.
Im Rausgehen drehte Ali sich nochmal um. “Übrigens, eure Wohnung ist doch gar nicht so groß. Wo schläft denn dein süßer Cousin? Vielleicht bei dir im Bett?" Und schneller als der Wind hatte er Jolas Zimmertür hinter sich zugezogen und war eilig zur Wohnungstür gerannt.
Weg war er.
“Der spinnt total.” Patsy war baff.
“Aber dumm ist die Frage nicht”, nickte Jola. Jetzt war ihre Chipstüte leer. Schade eigentlich. Patsy packte in Windeseile ihren Rucksack. “Wir werden sehen. Wenn das so ist, ziehe ich zu dir, Lina. Deine Mutter hat sicher nichts dagegen, oder?” Mit leichter Verzweiflung im Blick schaute Patsy zu Lina.
“Nee, hat sie sicher nicht. Aber deine Eltern vielleicht”, antwortete die und nahm ebenfalls ihre Tasche.
“Meine Eltern? Die sind mir grad sowas von egal.” Mit diesen Worten stürmte Patsy hinaus, gefolgt von Lina.
Jolas Mutter schaute aus der Küche: “Was ist denn mit euch los?”
Jola ging zu ihr: “Krisensitzung. Streng geheim. Bitte frag nicht weiter. Sag mir lieber: Was gibt’s zu essen?”

Ohne die Schuhe auszuziehen, stürmte Patsy in die Küche. Sie war ziemlich spät. "I'm sorry, but ..."

Da saßen ihre Eltern schon am gedeckten Abendbrot-Tisch.

"Come on, sit down, Patsy darling!" Ihr Vater schaute sie liebevoll an. "We've got news for you."

Oh nein, nicht noch mehr Neuigkeiten!

"Please, Daddy, can I ask something first?"

"Sure", antwortete ihr Vater, "go ahead, what do you want to know?"

"Where are they going to sleep? Granny? Hey Jay?"

"Hey Jay? Hast du ihm schon einen Spitznamen gegeben? Das klingt nett, fast so wie ..."

"Ich weiß, Mama, 'Hey Joe', ein Song von Jimi Hendrix", vollendete Patsy ungeduldig den Satz ihrer Mutter. Nett war Hey Jay zwar nicht gemeint, aber das musste ihre Mutter ja nicht gerade jetzt erfahren.

"Also, sagt mir bitte, wo schlafen die beiden?"

Ihre Mutter rührte im Topf. "... so groß ist unsere Wohnung ja nicht, Patsy."

Das klang nicht gut. Das klang gar nicht gut.

Ihre Mutter rührte weiter. "Okay, Granny wird im HWR schlafen ..."

HWR, so nannten sie ihren kleinen HausWirtschaftsRaum. Darin stand zwar die Waschmaschine, aber schön versteckt hinter bunten Vorhängen. Es war gemütlich, mit einem Bettsofa, einem kleinen Tischchen und so weiter.

"… und Henry James bei dir im Zimmer."

Patsy starrte ihre Mutter an, dann ihren Vater, der die ganze Zeit nichts gesagt hatte.

"Do you want to hear **some** more good news?", fragte ihr Vater jetzt.

Patsy glotzte ihn ungläubig an. Mehr gute Nachrichten? Hatten die beiden denn keine Ahnung, was sie ihr da antaten?

Ihr Vater redete, als sei es das Selbstverständlichste von der Welt, dass sie fortan ihr Zimmer mit einem komplett bescheuerten Jungen teilen musste.

"They're arriving on Friday afternoon! This is why I'm home now. I'm on holiday! Mum and I want to get everything ready for our guests."

Am Freitag! Das war übermorgen. ÜBERMORGEN! In ihrem Zimmer!

Ihr Vater war hinter seiner englischen Tageszeitung verschwunden. Das war wieder mal typisch. Immer wenn man mit ihm reden wollte, versteckte er sich hinter einer Zeitung.

Langsam stand Patsy auf. Ihre Mutter schaute sie fragend an und füllte irgendeine gelb-grüne Suppe auf ihren Teller.

"And how long are they going to stay?" Patsy hielt die Luft an.

"Oh", ertönte die fröhliche Stimme ihres Vaters hin-

---

some einige

ter der wahnsinnig wichtigen Zeitung, "just for three weeks."

Nur drei Wochen.

Drei komplett versaute Wochen, und das ab übermorgen!

Ohne ein weiteres Wort verließ Patsy die Küche.

Sie fühlte sich hundeelend. Ihre Eltern gaben nicht einen Pfifferling auf ihre Gefühle, nein, es interessierte sich niemand für sie! Sie zählte nicht, sie wurde nicht gefragt, sie war ein Nichts. A little nobody.

Ihre Eltern riefen zwar noch hinter ihr her, ob sie denn nicht essen wolle.

Essen, pah! Wer will jetzt schon essen? Gelbe-grüne Suppe?

If I'm a little nobody, I can't eat **anyway**.

Ihre Eltern waren für sie erledigt.

Auf jeden Fall für heute.

Donnerstag

Am nächsten Morgen stand Lina schon wartend an der Kreuzung, dort wo sie sich immer trafen. Sie drehte voller Ungeduld an ihrem wunderschönen, dicken, langen Zopf.

"Hey Patsy. Alles okay?"

"Nichts ist okay."

"In deinem Zimmer?"

---

anyway *hier:* sowieso

"In meinem Zimmer."
"Mist. Wie lange?"
"Drei Wochen."
"Drei Wochen?! Mist."
"Ich zieh zu dir."
Schweigen.
Lina hakte sich bei ihrer Freundin ein. Patsy hatte den ganzen vergangenen Abend in ihrem Zimmer verbracht und mit niemandem reden wollen außer mit ihrem Tagebuch.
Lina räusperte sich. "Meine Mama meint, das wäre übereilt."
"Übereilt? Die kommen doch schon morgen!"
"Morgen?"
"Morgen Nachmittag."
"Mist."
"Kannste laut sagen."
Lina rief so laut sie nur konnte: "Mihist!"
Einige Leute drehten sich um. Aber die hatten ja auch keine Ahnung, worum es hier ging.
Lina rief wieder und wieder, bis Patsy einstimmte: "Mihist, Mihist …"
Patsy war ein kleines bisschen leichter ums Herz. Good to have friends, dachte sie.
"Also, meine Mutter meint, du solltest erstmal abwarten."
"Abwarten? Was denn abwarten?" Patsy verstand überhaupt nichts.

“Meine Mutter sagt, du sollst ein paar Tage bleiben und deinen Eltern zeigen, dass du guten Willens bist.”

“Ich bin aber nicht guten Willens.” So ein blöder Ausdruck. Guten Willens. So können auch nur Erwachsene daherreden.

“Also, deine Eltern wollen doch, dass du was mit ihm unternimmst. Das tust du ein paar Tage, und dann sagst du, du hättest es versucht und es geht nicht und dann kommst du zu mir.”

Aha. Was auch immer das für ein komischer Trick war, er gefiel Patsy nicht. “Und was sind für deine Mutter ein paar Tage?”, fragte sie.

“Fünf oder sieben oder so”, meinte Lina.

Sie hatten mittlerweile die Schule erreicht. Olaf kam ihnen aufgeregt entgegengerannt, im Schlepptau wie immer diesen übellaunigen Leo.

“Heute wird das beste Bild prämiert, heute wird das beste Bild prämiert.”

Er hörte gar nicht mehr auf mit diesem Gebrüll.

“… heute wird …”

“Lass mich doch in Ruhe, das interessiert mich nicht die Bohne!” Patsy schnauzte ihn an.

Es war ihr wirklich total egal. Dabei hatten sie doch ein so tolles Bild gemalt. Alle fanden es großartig, Kühe auf einer Weide, knallbunte Kühe, zehn Stück. Patsy war das Bild jetzt gleichgültig, und auch, ob sie den ersten Preis damit machten.

"Was meinst du, Lina, was soll ich tun?"
"Hm, wenn meine Mutter nicht erlaubt, dass du von Anfang an bei uns wohnst, solltest du das vielleicht ausprobieren. Müssen ja nicht fünf Tage sein. Vielleicht drei? Au Mann, du tust mir echt Leid, Patsy, aber …"
Niemand konnte Patsy helfen.
"Guck mal", versuchte Lina sie aufzubauen, "drei Tage machst du ganz brav, was sie wollen. Wirst sehen, geht schnell vorbei."
Patsy fiel nichts dazu ein. Drei Tage mit Hey Jay in einem Zimmer schienen Höllenqualen. Und ausgerechnet am Wochenende. Das bedeutete sicherlich auch: keine Bande, stattdessen Stadtbesichtigungen und Spaziergänge. **All right**. Sie würde es heldenhaft überstehen. Drei Tage und keine Sekunde länger. Dann konnten sie ihr wenigstens nicht vorwerfen, sie hätte es nicht versucht. Der Plan war vielleicht gar nicht so schlecht. Patsy blieb abrupt stehen und streckte ihre Hand aus.
"Schlag ein", sagte sie nur.
Lina war erleichtert. "Bin ich aber froh jetzt", grinste sie und schlug ein.
Sehr laut singend hüpften sie eingehakt bis zu ihrem Klassenzimmer "Strong as leather, we always stick together, the Four Tops!"

All right. Na gut.

"Ihr werdet es nicht glauben, aber die Sieger unseres Wettbewerbs sind in unserer Klasse!"

Frau Mennemann wedelte mit einem Brief und strahlte übers ganze Gesicht.

"Wer ist es denn?" David mit seiner großen Klappe. Konnte wieder nicht abwarten.

Frau Mennemann machte es aber auch spannend.

"Es sind Tiere darauf zu sehen."

"Das ist unsers, das ist unsers!" Jenny und ihre Freundinnen hatten Katzen gemalt, Katzen waren ihre Leidenschaft.

"Nein, leider muss ich dich enttäuschen, Jenny. Es geht um größere Tiere ..."

Frau Mennemann schaute abwartend in die Runde.

"Na, wer hat denn noch Tiere gemalt?"

Fast alle hatten irgendwas mit Tieren gemalt.

"Bitte, Frau Mennemann, können sie es uns nicht einfach sagen? Ich halte das nicht mehr aus." Joanna war ganz rot im Gesicht.

Die Lehrerin nickte. "Seid ihr alle mit Joannas Vorschlag einverstanden?"

Frau Mennemann versuchte immer gerecht zu sein. Das klappte natürlich nicht immer. Aber jetzt riefen alle einstimmig: "Ja!"

"Gut. Dann werde ich mal vorlesen."

Langsam und bedeutungsvoll öffnete sie den Brief und las: "Das Lehrerkollegium hat über das zukünftige Bild in der Eingangshalle wie folgt entschieden:

'Zehn wilde Kühe' von den Four Tops aus der 6i!"
Schon bei "zehn wilde" brach Jola in wildes Gejuchze aus, gefolgt von Lina. Ali blieb cool.
"Und zur Feier des Tages", fuhr die Lehrerin fort, "trifft sich die ganze Schule im Eingangsbereich, unser Herr Direktor hält eine Rede und das Bild wird aufgehängt. Und das alles findet statt um Punkt halb neun und das ist ... *jetzt*!"
Sofort sprangen alle auf und rannten los.
Frau Mennemann hielt Patsy fest. "Alles okay mit dir? Freust du dich nicht?"
Warum musste sie nur immer alles mitkriegen?
"Nein, ist alles okay. Ich freu mich riesig", antwortete Patsy so gut gelaunt, wie sie nur konnte. Aber sie wusste, sie konnte ihrer Lehrerin nichts vormachen.

In der Halle war schon die ganze Schule versammelt. Der Direktor hielt eine kluge Rede, es gab freie Getränke und Kekse, und dann wurde das Bild der Four Tops feierlich aufgehängt.
Das Bild sah wirklich toll aus, wie es so da hing in der Empfangshalle ihrer Schule. Kühe, die von nun an auf jeden herabblicken würden, der ihre Schule betrat. Not bad, dachte Patsy schließlich grinsend.

Als sie nach der Schule nach Hause kam, ging sie schnurstracks in ihr Zimmer. Sie wollte ihre Eltern nicht sehen.

Es traf sie wie ein Schlag, als sie die Tür öffnete. Ihre Mutter hatte aufgeräumt. Alle Zettel lagen sorgfältig gestapelt unter ihrem Schreibtisch. Normalerweise freute sie sich insgeheim, wenn ihre Mutter ihr Zimmer so schön aufräumte. Aber heute?

Da stand ein zweites Bett, ein blödes zweites Bett.

Ihre Mutter hatte ihre Spielecke leergefegt, alles in eine Kiste verfrachtet und sie unter ihr Bett geschoben. Und in ihrer Spielecke stand jetzt Hey Jays Lager. Eine kleine Kommode neben dem Bett, darauf eine Leselampe. That's not my room any more, dachte sie nur.

Ihr Vater kam und legte seinen Arm um ihre Schulter.

"I know you're not happy, Patsy. But **we can't afford** a hotel. I'm very sorry. Have a look, we've got a **surprise** for you. I hope you like it."

Patsy schmollte. Wenn sie sauer auf ihren Vater war, weigerte sie sich mit ihm englisch zu reden.

"Ich brauche nichts. Und wenn der Typ mich nervt, zieh ich zu Lina, damit ihr's nur wisst."

"Du ziehst zu Lina?" Ihre Mutter kam mit einem großen, langen Paket. "Wie meinst du das?"

"Also. Ich bleibe jetzt erstmal hier, weil ihr das so wollt. Aber in drei Tagen, wenn ich es nicht mehr aushalte und der Typ mich total nervt, dann zieh ich

---

we can't afford wir können uns nicht leisten
surprise Überraschung

zu Lina. Und wehe, ihr seid dagegen!" Sie versuchte so drohend wie möglich zu klingen.
Ihre Eltern schauten sich an. "Let's talk about that later", sagte ihr Vater. "Now, look."
Ihre Mutter überreichte Patsy ein Riesending. Es war überraschend leicht. "Hab ich mich vielleicht gefreut, als wir das gefunden haben!", lächelte sie.
Mit erwartungsvollen Blicken schauten sie Patsy zu. "**Like** Christmas", murrte Patsy in sich hinein, während sie auspackte.
Es war etwas total Seltsames, so etwas wie eine Wand! Ein Gestell mit feinem dünnem Papier. Das Papier war bemalt mit Kühen.
"Ein großer schöner Paravant mit Kühen drauf!" Ihre Mutter war ganz stolz. "Kühe bringen dir doch immer Glück." Irgendwie war Mama doch süß.
Ihr Vater stellte diese Papierwand hin und klappte sie auf. Er zog sie auseinander, sodass man von Patsys Bett das Gästebett nicht mehr sehen konnte. Und natürlich umgekehrt.
"Do you think it helps a little?" Ihr Vater warf sich auf ihr Bett und legte sich in verschiedenste Positionen um zu überprüfen, was er noch sehen konnte. Er schien zufrieden zu sein mit seinem Werk.
Ihre Mutter schaute sie erwartungsvoll an.
Patsy fühlte, sie hatte keine Chance. Ihre Eltern ga-

---

like wie

ben sich wirklich Mühe. Sie würde es drei Tage aushalten. Aber keine Sekunde länger. Und jetzt musste sie dringend irgendetwas essen, sie hatte Bärenhunger. Ihr fiel ein, dass sie gestern und am Morgen fast nichts gegessen hatte. Also Futtern und dann zum Fußballtraining.

Patsy liebte Fußball. Und sie war das einzige Mädchen in der Mannschaft. Das war richtig cool. That's the way, aha, aha, I like it …

Ihr fielen schon wieder Songtexte ein. Das war ein gutes Zeichen.

NDON........ LH4578
W YORK...... TW5766
RIS............ HG1121
RENT-
BERLIN
HAMBURG
MÜNCHEN

Noch eine Katastrophe

Freitag

Freitag Nachmittag, 17 Uhr und es war so weit: Hey Jay trat ein in ihr Reich!

Granny und er waren pünktlich am Flughafen angekommen. Alle hatten sich wahnsinnig gefreut, nur Patsy nicht. Granny zu sehen war ja in Ordnung, sie war so klein und so runzlig. Das gefiel Patsy. Sie lachte ganz viel und sie wirkte gar nicht traurig. Vielleicht war sie einfach glücklich, bei ihnen zu sein. Und als Granny Patsy sah, war sie völlig hingerissen: "Oh my sweet little **beauty**, you look wonderful, wonderful, wonderful, how good to see you, how wonderful ..." Dabei wuschelte sie durch Patsys sowieso schon wuscheliges Haar und wollte gar nicht mehr damit aufhören. Das gefiel Patsy.

Aber dieser Henry James Fitzgerald, der war einfach oberpeinlich. Da stand er, lächelnd natürlich, und eine Kappe auf dem Kopf, die mindestens zwei Nummern zu groß war für ihn. Kariert war diese Kappe auch noch, rot, grün, blau oder so, einfach ganz fürchterlich uncool. Dazu passend ein kleines Rucksäckchen, zu kurze Hosen, und an seinem Arm baumelte dieser total bescheuerte Sonnenschirm. Das Schlimmste von allem.

---

beauty Schönheit

Jetzt hatte er seinen Schirm über Patsys Türklinke gehängt.
Patsy zeigte auf das Gästebett: "That's yours. I hope you like it." Das war viel zu freundlich. War ihr doch egal, ob er das Bett mochte oder nicht.
Sie zog die Kuhwand so lang, dass sie fast umkippte, und warf sich auf ihr Bett. Sie wollte Hey Jay einfach nicht sehen. Aber sie hörte ihn, hörte Hey-Jay-Geräusche. Was er jetzt wohl machte? Vermutlich Koffer auspacken.
Er klopfte an der Kuhwand.
Patsy tat so, als ob sie nichts gehört hätte.
"Excuse me, **may I** ask you something?"
Patsy brummte nur sowas wie "hm"; wenn es sein musste, sollte er doch fragen.
"Do you like Maltesers?"
"No." Diese klebrige englische Süßigkeit mochte sie zwar, aber nicht besonders. Und jetzt ja zu sagen, wäre total daneben.
"Sorry, but do you like **sweets** at all?"
Der konnte Fragen stellen.
"No", sagte sie wieder, obwohl das eine glatte Lüge war. Natürlich mochte sie Süßes. Am liebsten Eis. I **scream**, you scream, we all scream for ice cream.

---

may I darf ich
sweets Süßigkeiten
scream kreische, schreie

Denken kann man ja, was man will, das Denken hört ja keiner. **Freedom of thought**! Patsy grinste.
Und Hey Jay machte weiter Hey-Jay-Geräusche.
Dann klopfte er wieder.
"Excuse me, I don't want to **bother** you, but **where do you want me to** put my clothes?"
I don't want to bother you blabla; wenn der wüsste, wie sehr er sie störte, der wäre in Wales geblieben, da wo er hingehörte!
Patsy stand gnädig auf und ging zu ihrem Schrank. Wortlos öffnete sie die Schranktür.
Ihre Mutter hatte all ihre Wintersachen in einer Kiste in den Keller ausquartiert. Die würden danach sicherlich muffeln wie verrückt. Aber so waren ein paar Fächer für Hey Jay frei geworden.
Hey Jay nickte und bedankte sich. "Thanks a lot."
Soll er sich sein 'Thanks a lot' sparen. Patsy warf sich wieder auf ihr Bett. Auf ihren Kuhbezug. Kühe hatten solche Sorgen nicht. Die hatten's gut.
Hey Jay packte seine Sachen ordentlich in die freien Fächer. Patsy schaute ihm zu. Was blieb ihr anderes übrig? Plötzlich drehte sich Hey Jay um und ertappte sie dabei. Sie ärgerte sich und schaute durch ihn hindurch. So, als ob sie über einen Text nachdenken würde.

---

freedom of thought Meinungsfreiheit
bother stören
where do you want me to soll ich

Hey Jay lächelte wieder sein blödes breites Hey-Jay-Lächeln.
So ging es nicht weiter. Sie musste ihm jetzt mal erklären, wo's langging. Patsy sprang auf.
"Okay, Hey Jay. **You don't mind** if I call you Hey Jay? Your name is **miles** too long."
Sie wartete nicht auf Antwort, es war ihr egal, ob er seinen Spitznamen gut fand oder nicht, er war sowieso beschlossene Sache. Bandenbeschluss.
"This is my room, as you know, and I need **a lot of space**. So please be quiet when you're in here. I need to **concentrate** a lot because I'm a writer."
Was hatte sie da gesagt? Sie sei Schriftstellerin. Hatte sie sich verraten? Klang ein bisschen angeberisch, aber das sollte es ja auch, ihre Schreiberei war wichtig, und wenn er zu viele Geräusche machte, fiel ihr sicherlich nichts ein. Das sollte er gleich wissen. Ruhe war das oberste Gebot, wenn sie schreiben wollte, nein, wenn sie *denken* wollte.
"This is my desk, my pencil, my ruler, my rubber, my pen … **and so on**. So don't **touch anything**.

---

you don't mind es macht dir nichts aus
miles Meilen
a lot of space viel Platz
concentrate sich konzentrieren
and so on und so weiter
touch berühren
not anything nichts

Hey Jay hörte nicht mehr auf zu nicken. Ein winziges bisschen Leid tat er ihr für einen kurzen Augenblick schon. Er durfte die nächste Zeit eigentlich nur still auf dem Bett sitzen. Aber was musste er auch nach Deutschland in ihr Zimmer kommen? Selbst Schuld.
"Fine", sagte er nickend. "I'll **try** and do the best I can. But now I'd like to invite you out for an ice cream. What do you think?"
Also sowas. Der war ja überhaupt nicht klein zu kriegen. Und Hey Jay konnte wohl auch noch Gedanken lesen. Woher wusste er sonst, dass sie gerade eben noch an Eis gedacht hatte?
"Sorry, no time for things like that." Sie wandte sich ab, obwohl ihr bei dem Gedanken an Spagetti-Eis das Wasser im Mund zusammen lief.
"Well, maybe next time. For now, **would you be kind enough** to tell me the way to the nearest ice cream shop?"
Der war ja schon irgendwie mutig. Kaum angekommen wollte er schon alleine losdackeln. Was, wenn er sich verlaufen würde? Ihre Eltern hatten sicher keine Zeit mit ihm Eisessen zu gehen. Sie hockten mit Granny in der Küche und redeten. **!Nur nicht stören!** Das strahlten sie dabei aus.

---

try versuchen
would you be kind enough wärst du so nett

Soll er sich doch verlaufen, wenn sie sich nicht um ihn kümmern!
“You go **out**. **Turn left**, go **straight on**. At the corner there’s a post office. There you **cross** the street. Go straight on again until you see the traffic lights. Cross the street again and there it is.”
War das zu kompliziert?
Hey Jay nickte: “Thanks, Patsy. I hope next time we can go together. But **good luck** with your work. See you later”, sagte er, nahm sein komisches Rucksäckchen, seinen Sonnenschirm und ging.
Hm. Jetzt, wo sie da so alleine saß, ärgerte sie sich über sich selber.
Sie hätte ja nicht mit ihm reden müssen.
Aber Eisessen ablehnen?
Schade eigentlich.
Ihre Mutter kam ins Zimmer. “Alles in Ordnung?”, fragte sie besorgt.
“Na klar”, antwortete Patsy, sich dabei tief über ihr Tagebuch beugend. “Hey Jay wollte nur unbedingt Eis essen, und ich hatte absolut keine Lust dazu. Außerdem muss ich schreiben, und ich nutze die Zeit, solange er weg ist. Dann hab ich meine Ruhe.”

---

out raus
turn left links abbiegen
straight on geradeaus
(you) cross *hier:* (du) überquerst
good luck viel Glück

Ihre Mutter drehte sich um. “Aha”, meinte sie nur nachdenklich. “Ach, schreibt ihr nicht am Montag noch eine Mathe-Arbeit? Musst du nichts dafür tun?”
Mütter können einem mit einem Satz einen ganzen Abend versauen.
Ihre Mutter ging und schloss die Zimmertür hinter sich.
Irgendwie fühlte Patsy sich gar nicht gut.
Sie hatte keine Ahnung, wieso.

Sie bereiteten schon den Abendbrot-Tisch vor, als es endlich klingelte.
Patsy war erleichtert. Schließlich lebte dieser Hey Jay auf dem Land, und die Stadt war für ihn bestimmt ganz schön gefährlich. Niemand außer ihr hatte sich allerdings Sorgen um ihn gemacht.
Aber nun war er ja auch wieder da.
Es gab eine große Wurst- und Käseplatte mit Baguettes.
“**Cold cuts**!” Granny schaute sich alles genau an und schnupperte an Wurst und Käse. Sie verzog einige Male das Gesicht, wobei sich ihre Runzeln noch mehr runzelten. Patsy mochte das wirklich sehr gern.
“Do you like cheese?”, fragte sie ihre Oma.
“Well, let me smell it first, and **then** I’ll tell you.”

---

cold cuts Aufschnitt
then dann

Sie teilte die Käseplatte in zwei Seiten ein: YES und NO. Das gleiche tat sie anschließend mit der Wurst.
Patsy guckte verstohlen zu Hey Jay. Seltsam, er war doch so höflich, aber seine Kappe behielt er beim Essen auf? Das war nicht nett, das tat man doch nicht, oder? Bestimmt hatte er kaum Haare auf dem Kopf. Patsy grinste und schüttelte ihre wilden Locken.
"Don't you think it would be better to take off your hat?", fragte sie ihn wie nebenbei.
"Be quiet and **eat up**!", schnauzte ihr Vater sie an.
Völlig überreagiert!, dachte Patsy überrascht. Wieso war Dad plötzlich so böse?
Ihr Vater wandte sich Hey Jay zu: "Patsy's a **typical** girl, you know? She doesn't like boys and she's sometimes bad-tempered."
Was redete er da? Das stimmte doch gar nicht. Natürlich mochte sie Jungs, nur nicht *jeden* Jungen natürlich! Und übellaunig war sie auch nicht. Jedenfalls niemals ohne Grund!
Granny sprang ein. "Stop this **kind** of talk. Patsy, my darling, would you **pass** the butter, please? Come on, let's eat, **I'm starving**! I asked for something to

---

eat up iss auf
typical typisch
kind *hier:* Art
pass geben, reichen
I'm starving! Ich komme um vor Hunger!

Papas Tasse
Mam
Wer sich nicht wehrt, endet am Herd!

eat on the plane, but they said the **flight** was too short. No food **on board**! That should **be changed**. They should have something to eat on the plane! Now – what kind of cheese is this? This one is **delicious**."

"Don't you eat cheese in Wales?" Patsy war etwas irritiert. Hey Jay und Granny lachten. Ihr Vater lachte auch.

That's not fair, dachte Patsy. It's not fair of them to laugh at me. Sie wollte doch nur wissen, ob man in Wales keinen Käse aß. Was war daran so lustig? Sie hatte gar keinen Bock, ohne Grund angeschnauzt und dann auch noch ausgelacht zu werden.

"Oh yes, we do eat cheese, but it looks and smells very **different**", erklärte ihr Hey Jay. Ausgerechnet der.

Patsy war der Appetit sowieso vergangen. Sie legte ihr Messer weg und lehnte sich zurück.

"Never mind, darling", versuchte Granny sie zu trösten, "**go ahead** and eat. This one is good – mmm!"

Und Granny mampfte los, als ob sie seit Tagen nichts zu essen gehabt hätte.

---

flight Flug
on board an Bord
be changed geändert werden
delicious köstlich
different anders
go ahead mach nur

Ihr Vater schaute Patsy warnend an. Was war denn los? Konnte sie ihm noch irgendetwas recht machen? Sie gab sich doch solche Mühe.
"I'm sorry, but we have a maths test on Monday and I need to work ..." Sie wollte aufstehen.
"Oh!" Granny war begeistert. "Henry James will help you. He's fantastic at school, **especially** in maths. **Go on**, Henry James! Go and help your cousin."
Nein, nein, das wollte Patsy auf keinen Fall!
Alles war so durcheinander, sie konnte gar nicht mehr klar denken.
Ihr Vater sah sie wieder streng an. "No!", sagte er energisch. "Let's just **finish the meal**. Patsy can do her maths later. Right now you have to eat something, Patsy."
Gleich fallen ihm die Augen aus dem Kopf vor lauter Anstrengung, dachte Patsy. Sie hatte keine Ahnung, warum er so böse war.
Sie biss mit langen Zähnen in ihr Camembert-Baguette.
Hey Jay hatte die ganze Zeit einfach weiter gegessen. Aber nebenbei hatte er seine Kappe vom Kopf gezogen. Naja, mit sehr tollen Haaren war er wirklich nicht gesegnet. Rotblonde, dünne Haare, ziemlich

---

especially besonders
Go on. Mach schon.
finish the meal die Mahlzeit zu Ende essen

kurz geschnitten. Jungensschnitt eben. Sehr sehr kurz. Da konnte man die Kappe ja verstehen.
Granny futterte und futterte. Dass in ihre Oma so viel reinpasst, hätte Patsy nicht gedacht.
“And now”, sagte Granny schließlich, als sie satt war, “I need a little **exercise**. At home in Wales I always go for a walk after dinner. Who would like to go for a walk?”
Also gingen sie alle mit Granny fünfzehnmal um den Häuserblock. Bis sie genug gelaufen war. Patsy gähnte. Sie war so müde. Hundemüde. Hoffentlich schnarchte Hey Jay nicht. Das wäre das Letzte.

Montag
Lina wartete am Montag wie immer an der Ecke. Da stand sie und zuppelte an ihrem frisch geflochtenen Zopf herum.
Hey Jay ging brav neben Patsy her. Er sollte heute mit zur Schule. Hauptsache, er spannt seinen dusseligen Schirm nicht auf, das wäre mein Ende, dachte Patsy.
Lina begrüßte Hey Jay zurückhaltend, aber freundlich.
“Hello, my name’s Lina, how are you?”
Hey Jay grüßte zurück: “Hello, my name’s Henry James Fitzgerald. I’m fine, thank you. **By the way**,

---

exercise Bewegung
by the way übrigens

Patsy calls me Hey Jay and I like it. So, if you want, you can call me Hey Jay too …"

Ha! Er fand Hey Jay gut! Total daneben gegangen war ihre Aktion also.

Patsy war ziemlich genervt. Sie hatte schon ein so furchtbares Wochenende hinter sich. Mit der ganzen Familie in den Park, ins Museum, in die Eisdiele etcetera. Keine Zeit für Freunde. Granny war ja lustig. Abends hörte sie jetzt mit Mama immer laut alte Schallplatten und tanzte mit ihr. Das war Mama ziemlich peinlich. Aber Patsy mochte ihre tanzende Granny von Tag zu Tag mehr.

"How old are you?"

Patsy war nicht gerade begeistert über Linas ausführliche Englisch-Konversation mit ihrem Cousin.

"I'm 12. How old are you? Oh, excuse me, it's not nice to ask a lady her **age**."

Lina kicherte so blöd, etwas affig, fand Patsy. Warum sollte man eine 'lady' nicht nach ihrem Alter fragen? Außerdem war Lina noch lange keine Dame.

"That's okay. I'm 12, too. And where do you come from?"

Patsy rollte mit den Augen. A **never-ending conversation**.

---

age Alter

never-ending conversation nicht enden wollende Unterhaltung

"I live in Wales. It's part of Great Britain. Do you know Wales?"
"No, I'm sorry, I don't know Wales. Is it nice there?"
"Yes, very nice, very green. With hills, **mountains**, **lakes**, and lots of sheep."
Ja klar, Schafe!, dachte Patsy. Schafe, lauter blöde, blökende Schafe, und eins davon heißt Henry James Fitzgerald …
"Möhöhö", blökte Patsy ihre Freundin an.
Lina und Hey Jay machten große Augen und endlich hakte sich Lina bei Patsy ein.
"Wollte nur höflich sein", flüsterte sie ihr erklärend zu.
"Schon gut", murmelte Patsy zurück. "Und wie war dein Wochenende?"
Linas Wochenende war gut gewesen. Sie war mit ihrer Mutter und Jola und Ali schwimmen. Gemeinheit.
Verstohlen schaute Patsy zu Hey Jay, der jetzt damit beschäftigt war, sich umzusehen. Vermutlich merkt das clevere Kerlchen sich den Weg ganz genau, damit er immer heimfindet.
Thank God it was a cloudy day.

---

mountains Berge
lakes Seen
thank God Gott sei dank

Patsy hatte sich am Wochenende immer an Grannys Arm gehängt und ihr alles übersetzt: 'bakery' und 'post office', 'supermarket' und 'library', einfach alles, was Granny wissen wollte. Und so hatten sich ihre Eltern um Hey Jay kümmern müssen.
Nachts war er brav. Las nur bis spät in die Nacht. Nachdem Patsy ihn angemault hatte, weil sie wegen des Lichts nicht schlafen konnte, hatte er einfach aus seinem Rucksäckchen eine kleine Taschenlampe gezogen und unter seiner Bettdecke weitergelesen. Was er da wohl las?
Lina hatte sich wieder Hey Jay zugewandt.
"Do you like our **city**?"
"It's nice, yes, I like it. But it's a little noisy and **busy**."
Endlich waren sie an der Schule angelangt und dieses Englisch-Gequake hatte ein Ende.

Als die zwei Mädchen die Eingangshalle der Schule betraten, blieben sie wie vom Donner gerührt stehen.
Viele Kinder standen in der Halle herum. Wollten die alle zu spät zur ersten Stunde kommen? Jola und Ali standen auch da und starrten wie all die anderen zum Bild. Und dann sah Patsy es auch:
Irgendjemand hatte eine Farbbombe auf die Kühe

---

city Stadt
busy *hier:* hektisch

geworfen. Ein fetter Flatschen schwarzer Farbe war mitten auf ihrem Bild. Das war eine unglaubliche Sauerei!

"This is – I mean, this *was* – our painting, a painting by the Four Tops – that's the name of our **gang**", das sagte Patsy noch erklärend zu Hey Jay.

Hey Jay nickte freundlich: "Beautiful."

Blödmann, dachte Patsy wütend, it *was* beautiful ...

Patsy und ihre Freunde rannten zur Sekretärin. Frau Bruns war außer sich, als sie hörte, was passiert war. Frau Bruns, die beste Schulsekretärin aller Zeiten. Selbst ihre süße Dose half hier nichts, mit Süßigkeiten waren die Kinder nicht zu trösten. Herr Direktor Schmilinsky war genauso entrüstet und wischte sich immer wieder den Schweiß von der Oberlippe.

Es klingelte zur ersten Stunde. Herr Schmilinsky begleitete sie in die Klasse. Frau Mennemann war genauso entsetzt wie alle anderen auch.

Die Four Tops sagten kein Wort. Sie saßen da, mit verschränkten Armen, und sagten nichts.

Who would want to **destroy** our painting? Who could be so **mean**? In Patsys Kopf wirbelten die Gedanken nur so durcheinander.

Frau Mennemann bat die Klasse schließlich um Ruhe. Sie schaute sehr ernst in die Runde.

---

gang Bande
destroy zerstören
mean gemein

"Ich weiß noch nicht wie, aber wir werden den Täter finden. Mein Vorschlag für jetzt ist folgender: Nach der Mathearbeit sind Ali, Jola, Lina und Patsy – und natürlich Patsys Besuch – vom Unterricht befreit, um ein neues Bild anzufertigen. Ich hoffe, ihr seid einverstanden."

Und zu Hey Jay sagte sie: "First of all, **welcome** to our **class**. **I suggest** that later today Patsy and her friends make a new painting. If you want, you can help them. But now we have to do the maths test."

Goodness! Die Mathe-Arbeit! Die hatte Patsy total vergessen! An diesem stinklangweiligen Wochenende hatte sie vergessen zu lernen, das durfte doch nicht wahr sein!

Und da kamen die Zettel auch schon. Zwei lange Seiten mit Mathe-Aufgaben!

In der nächsten Pause war keiner von ihnen ansprechbar. Die ganze Bande saß schweigend auf der Tischtennisplatte. Das bisschen Regen war ihnen gleich. Es passte zu ihrer Stimmung. Hey Jay ging auf dem Schulhof spazieren, trotz Nieselregen. Und ohne seinen Schirm aufzuspannen. Eben ein Sonnenschirm.

---

welcome willkommen
class Klasse
I suggest ich schlage vor
Goodness! Meine Güte!

Frau Mennemann kam zu ihnen. Mit Schirm.
“Okay Kinder, was wollen wir tun? Malt ihr ein neues Bild?”
“Nö”, war Patsys kurze Antwort. Sie warf ihre Haare nach hinten und schaute in die Ferne, an Hey Jay vorbei. Niemand sollte sehen, dass sie am liebsten geheult hätte. Mathe-Arbeit versaut, Bild versaut.
Keiner wagte in diesem Augenblick, ihr zu widersprechen.
“Das wird niemals so gut wie das erste”, jammerte Jola und biss in ihr Pausenbrot. Erdnussbutter und Marmelade. Lecker.
“Niemals”, bestätigte Lina.
“Höchstens ein Farbklecksbild”, maulte Ali in sich hinein.
“Kinder, das ist doch eine gute Idee! Ihr nehmt Wasserfarben, macht Farbkleckse und lasst sie zerlaufen. Daraus wird bestimmt ein ganz tolles neues Bild!”
Frau Mennemann versuchte wirklich alles, um die Bande aufzumuntern.
Ali sprang von der Tischtennisplatte. “Okay, Mädels. Jammern bringt nichts, das ist nicht der Stil der Four Tops. Beim fröhlichen Farbenwerfen können wir uns auf jeden Fall erst mal abreagieren, und dann sehen wir weiter.”
Er ging in Richtung Kunstraum. Die anderen folgten ihm.
Auf dem Weg lief ihnen Andy über den Weg und

rempelte Ali an: “Na du Weichei?” Und dann sang er: “Mädchenschwarm, hat’s schön warm …”
Ali wurde manchmal von einigen Jungens geärgert, weil er mit den Mädchen zusammensteckte. Normalerweise machte ihm das nichts mehr aus, er hatte sich daran gewöhnt. Heute aber erwischte Andy ihn im falschen Moment. So schnell konnte er gar nicht gucken, da hatte Ali ihn schon gepackt. “Noch einmal …”, drohte er Andy.
“Schon gut, lass mich bloß los”, wimmerte der.
Verächtlich ließ Ali ihn los, so dass er fast hinfiel.
“Keine Ahnung, aber große Klappe”, raunzte Ali ihn an und ging weiter.
“Weiberheld, Ausländer”, flüsterte Andy ihm nach, aber er flüsterte so leise, dass Ali ihn nicht mehr hören konnte.
“**What’s wrong with him?**”, fragte Hey Jay, während er Andy nachschaute.
“Oh, Andy? **I guess** he’s just **lonely**. Andy’s mother **died of cancer** when he was seven. And his father is not very nice to him; he **seems** to drink a lot.” Auch Patsy guckte hinter Andy her. Der hatte es wirklich nicht leicht. Keiner mochte ihn so richtig.

What’s wrong with him? Was ist mit ihm los?
I guess ich vermute
lonely einsam
died of cancer ist an Krebs gestorben
seems scheint

"What's his father's job, do you know? Or is he **unemployed**?" fragte Hey Jay neugierig.
Patsy schüttelte ihre Locken. "No, he's not unemployed, he's a **car mechanic**. But come on, let's **follow** the others."
Patsy wollte jetzt zu den anderen. So interessant war Andy auch wieder nicht.

Und dann malten sie bis zum Schulschluss unzählige Blätter und Leinwände mit Wasserfarben voll, einfach drauflos. Aber richtig gut fanden sie nichts davon.

Zu Hause stand Granny am Herd. Patsys Mutter saß am Küchentisch und schaute ihr zu. Sie sah nicht sehr begeistert aus.
"Hello everybody!" Patsy stellte ihren Rucksack gar nicht erst ab. "Only bad news today. First of all, somebody **made a mess of** our painting. **Second**: I made a mess of my maths test. I **forgot** to study at the weekend. Too much sightseeing. And now I'm sorry, but I have to **pack** some things because Lina is waiting for me."

---

unemployed arbeitslos
car mechanic KFZ-Mechaniker
follow folgen
made a mess of hat versaut
second zweitens
forgot habe vergessen
pack packen

Glücklicherweise waren wenigstens diese drei Tage mit Hey Jay vorbei und sie konnte endlich zu ihrer Freundin ziehen.
Ihr Vater kam ihr entgegen, als sie in ihr Zimmer ging. "I heard what **happened**", sagte er mitfühlend. "But Patsy, we don't want you to go to Lina's."
Patsy wollte schreien. Nicht auch das noch! Das war alles nicht zum Aushalten! Mitten in ihrem Bauch war es so heiß wie Feuer. Aber sie ging einfach weiter, als hätte sie nichts gehört.
Tür zu.
Sie zog den großen Rucksack von ihrem Schrank herunter und wollte anfangen zu packen. Da klopfte es. Oh, no, not Daddy, please, dachte sie.
Es war Hey Jay.
"Patsy, I want to ask you something. If I find the person who destroyed your painting, will you stay here?"
Wie kam Hey Jay darauf, dass er den Übeltäter ausfindig machen könnte?
"How can you find him? It's **impossible**."
"Well, I don't know, but I want to try my best."
Er setzte sich auf sein Bett und es sprudelte nur so aus ihm heraus.

---

happened passiert ist
impossible unmöglich

"Patsy, I know that you don't like me being here, in your room. But I'd be very sorry **if you left** to go and stay with Lina. You know, I like being with you and your friends. They're really nice. So please, will you give me a chance?"
Patsy war platt. Er wollte, dass sie blieb?
Sie setzte sich auf ihr Bett und starrte auf die Kuhwand. Dahinter war es ganz still. Hey Jay schien nicht mal zu atmen. War es ihm so wichtig, dass sie blieb? Damit hatte sie nicht gerechnet. Komisch. Irgendwie verrückt.
Ob er wirklich eine Idee hatte, wie er den Bilderschänder überführen konnte?
Sie wollte es wissen.
Bis Freitag sollte er eine Chance bekommen.
"Okay. Today's Monday. I'll give you a chance. Go ahead and find him, or her. I'll stay until Friday. That's all the time you have."
"Yippie!", juchzte es von hinter den Kühen. "And now it's time for ice cream, what do you think?"
"But Granny's cooking!" Patsy fiel ihre kochende Großmutter ein. Es roch gut in der kleinen Wohnung, und Patsy merkte jetzt, dass sie Riesenhunger hatte. "Let's go for an ice cream after lunch, and I'll ask my friends to **come along**."

---

if you left wenn du weggehen würdest
come along mitkommen

"That's an **excellent** idea! I'll buy them all an ice cream."
Beide rannten in Richtung Küche, vorbei an Patsys Vater.
Der schaute überrascht hinter ihnen her.
"**Bacon** and eggs", empfing Granny sie freudestrahlend.
"I thought bacon and eggs was your typical breakfast", flüsterte Patsy Hey Jay zu.
Der grinste. "That's **true**, it is a typical British breakfast, but Granny can eat it all the time ..."

"And how do you want to find the ... the ... person who did it?" Lina zutzelte am Erdbeer-Shake.
Jola knabberte an ihrer Riesenwaffel. "Was sagt ihr da?", wollte sie aufgeregt wissen.
"Na, wir wollen wissen, was er vorhat."
"Und was hat er vor?"
"Das wissen wir noch nicht, er hat ja noch nicht geantwortet." Patsy schob sich einen Riesenberg Spagetti-Eis in den Mund.
Die fünf hingen eng gedrängt über ihren Eisbechern und flüsterten miteinander.
"Now, **back** to our painting. What's your plan?"

---

excellent prima
bacon Speck
true wahr
back zurück

Hey Jay schaute verschwörerisch in die Runde. "Okay. We have to **convince** your **headmaster** to hang up another of your paintings. I hope that **the same** person will come back again and destroy the second painting, too. And then I can tell you who it is, because I'll be there **somewhere**, **hiding**."

"Übersetzen, übersetzen", drängelte Jola.

"Alles habe ich auch nicht verstanden", antwortete Lina aufgeregt und fummelte an ihrem Zopf.

Patsy übersetzte: "Wir sollen den Schmilinsky überreden, dass er irgendein Bild von uns aufhängt und Hey Jay hofft, dass der Täter wiederkommt und das zweite Bild auch ruiniert. Er wird den Täter auf frischer Tat ertappen."

Lina nickte anerkennend: "I think it's a very good idea. What do you think?"

Alle nickten. Nur Jola grübelte noch: "Unser schönes Bild! Ich verstehe echt nicht, was das irgendwem bringen soll!"

"Das Einzige, was ich mir vorstellen kann, warum jemand so etwas tut, ist, weil er oder sie selber ein Bild dort hängen haben will", meinte Ali.

---

convince überzeugen
headmaster Schulleiter
the same dieselbe
somewhere irgendwo
(I'll be) hiding (ich werde) mich verstecken

"Oder weil uns irgendwer nicht mag", sagte Lina.
Die vier sahen sich an.
"What's the problem? Can you **translate**?" Hey Jay blickte ratlos zu Patsy.
"I don't need to translate, it's not **important**. Tomorrow we'll talk to Mr Schmilinsky."
Hey Jay schaute etwas irritiert, aber Patsy fand, das war Bandensache.

Am Abend lag Patsy noch lange wach. Gab es Feinde der Four Tops?
"**Are you asleep yet?**", fragte diese Hey-Jay-Stimme hinter der Kuhwand.
Patsy hatte keine Lust zu reden. Sie musste nachdenken.
Hey Jay brabbelte trotzdem weiter.
"I love numbers, you know. I love them, because you can **rely on them**. If you add one and one you'll always get two."
Der spinnt doch. Mitten in der Nacht erzählt er, dass er Zahlen liebt, weil eins plus eins zwei ist!
"And I love numbers, because they don't have an end."
Patsy tat, als schliefe sie. Sie wusste ja, dass mit dem

---

translate übersetzen
important wichtig
Are you asleep yet? Schläfst du schon?
rely on them sich auf sie verlassen

Kerl so einiges im Argen war. Aber was meinte er damit, dass er Zahlen liebte, weil sie kein Ende hatten? Oder redete er etwa im Schlaf? Sie lauschte in die Nacht. Im Wohnzimmer hörte sie noch leise Musik.

Hey Jay murmelte weiter. "Take a **thousand**, a million, a **billion**, or a trillion, it never ends, you can always add another one or two to it, or another billion, numbers are **infinite**."

Patsy wurde ganz schwindelig bei dem Gedanken, dass Zahlen niemals aufhören. Wie hatte er gesagt? Man kann immer noch eins dazuzählen, oder eine Milliarde, so oft man wollte!

"Infinite. Like the universe", kam es etwas verschlafen von hinter der Kuhwand.

Wie das Universum. Unendlich. Patsy schaute aus dem Fenster in den Nachthimmel. Er war sternklar. Wie weit diese Sterne weg waren.

Sie hörte ein Schnarchen.

Leise stand sie auf und schlich um die Wand herum. Nein, es kam nicht aus Hey Jays Richtung, sondern von draußen. Hey Jay schien über seine Wahnsinnsgedanken eingeschlafen zu sein. Sie öffnete die Tür so leise sie nur konnte. Bloß Hey Jay nicht wecken! Auf nackten Sohlen tapste sie an der Wohnzimmer-

---

thousand Tausend
billion Milliarde
infinite unendlich

tür vorbei zum Hauswirtschaftsraum. Granny! Granny schnarchte, als ob sie Bäume durchsägen würde! Granny's snoring, grinste Patsy in sich hinein. Thank goodness *she* isn't sleeping in my room!

Sie schlich wieder zurück in ihr Zimmer und kuschelte sich zufrieden in ihre Kuhbettwäsche. Fast war sie schon eingeschlafen, als sie von hinter der Wand eine leise Stimme hörte, die sagte: "Good night, sleep tight, don't let the bugs bite."

Er wusste also, dass sie alles gehört hatte. Und er hatte sie im Nachthemd gesehen! Mist!

Na dann: "Auch gute Nacht, schlaf auch süß und lass die Wanzen auch dich nicht beißen ..."

Sollte er wenigstens ein bisschen Deutsch lernen, dieser Hey Jay.

Wer ist der Täter?

Dienstag

Den ganzen Vormittag malten sie. Mit ihrem Plan im Hinterkopf machte es wieder Spaß. Allerdings sollte das Bild natürlich nicht zu gut werden, dann wäre es ja ziemlich blöd, wenn es wieder eingesaut würde. Das war gar nicht so einfach.

Noch schwerer war es dann allerdings für Herrn Direktor Schmilinsky eins von den unzähligen Bildern auszuwählen. Nach langem Hin und Her entschied er sich endlich. Das Bild wurde aufgehängt, und die ganze Schule war wieder versammelt. Herr Schmilinsky hielt schwitzend eine Rede über Gemeinheiten, die sich nicht lohnten. Es gab dieses Mal weder Getränke noch Kekse. Und Herr Paseletzky, der Hausmeister, versprach, am Nachmittag auf das Bild zu achten und die Eingangshalle abzuschließen.

Patsy war froh, dass Ali am Nachmittag Hey Jay abholte, um ihn zum Karate-Training mitzunehmen. Auf Ali war Verlass. Lina hatte Geigenunterricht und übte wie wild für ihren Auftritt am Samstag auf dem Schulfest. Sie wollte ein Solo spielen, 'und das muss sitzen wie im Schlaf', sagte sie.

Patsy wollte den Tag unbedingt alleine in ihrem Zimmer verbringen. Sie breitete endlich mal wieder ihre Zettel überall aus und schrieb.

"Ein Strolch in der Schule, das ist nicht gut,
ein Strolch in der Schule, das macht allen Wut,
wer kann das bloß sein,
das Bilderschänderschwein?
Wenn wir ihn packen und das Rätsel knacken,
wird er lauthals schrein und nicht mehr fröhlich sein."

Das tat gut. Die Wut runterschreiben. Das tat richtig gut. Der Bilderschänderrap.

Mittwoch
Die Sonne schien am nächsten Morgen und Hey Jay spannte seinen Sonnenschirm auf. Shame, shame, shame on you – es war wirklich eine Schande. Patsy wollte nicht mit so einem Idioten gesehen werden. Sonnenschirme, was für eine blöde Mode.
Patsy konnte nicht erklären warum, aber irgendwie traute sie sich nicht, ihn zu fragen, warum er das macht. Wer weiß, was da rauskam? Vielleicht war er wirklich ein bisschen verrückt im Kopf. Sie versuchte unauffällig auf Abstand zu gehen, aber Hey Jay wollte mit ihr reden.
"I want to ask you something." Hey Jay schob seine Kappe zurecht. "Did Lina really take care of an **eagle** last winter?"

---

eagle Adler

"An eagle?" Patsy schaute Hey Jay an wie eine Kuh auf der Weide. "Who told you that?"
"Oh, Jola."
"Jola? Hm ..." Patsy dachte angestrengt nach. Wenn Jola Englisch redete, war alles möglich. An eagle. Patsy grübelte.
"Lina loves pets, you know; at the moment she's got two rabbits, a little hamster and two mice." Patsy kicherte. Die Mäuse waren wirklich süß. "And now she's trying to get a bird, or rather a parrot, because she wants to teach it to talk. And sometimes she finds animals in the street and takes them home. Her mother is very **understanding** ..."
Hey Jay nickte zwar, aber eine Antwort auf seine Frage hatte er nicht bekommen.

Sie waren an der Kreuzung angekommen, wo Lina schon ungeduldig wartet. Sie wollte schnell in die Schule – ob das Bild noch unversehrt war?
"Sag mal, was für Tiere hast du letzten Winter aufgelesen? War das nicht nur ein Spatz?"
Lina nickte: "Einen Spatz und einen Igel."
Es klickerte in Patsys Kopf, und dann brach sie in schallendes Gelächter aus. Ein Igel, ja natürlich, da hätte ich doch gleich drauf kommen können: "Igel klingt wie eagle!", lachte sie.

---

understanding verständnisvoll

Lina und Hey Jay verstanden natürlich nicht, was los war.
"Okay. Listen. Lina found a hedgehog last winter, and she **saved its life**. And hedgehog in German is 'Igel'. That's what Jola was trying to tell you", sie kicherte. "Einen Adler!" Sie kicherte weiter und versuchte auch Lina zu erklären, was passiert war. Das brauchte eine Weile und so kamen sie alle drei Tränen lachend an der Schule an.

Das Bild war noch heil. Herr Paseletzky hatte prima aufgepasst.
Sie stürmten in die Klasse. "**I'll pretend to feel sick** and **leave** the class", raunte Hey Jay Patsy noch schnell zu, bevor sie das Klassenzimmer betraten.
Zuerst hatten sie Deutschunterricht. Herrn Isselstein. Puh, wie langweilig.
Plötzlich hüstelte Hey Jay und tat so, als sei ihm ganz fürchterlich übel.
"**Now**? ", flüsterte Patsy.
"Now", murmelte Hey Jay.
"Was ist da los?" Natürlich, war ja klar. Herr Isselstein stand auf. "Wenn du mit deinem Besuch

---

saved its life hat ihm das Leben gerettet
I'll pretend to feel sick. Ich werde so tun, als wäre mir schlecht.
leave verlassen
now jetzt

OHR
HÖREN
Luca
AUGE
SEHEN
Lionel

plaudern willst, Patsy, dann tu das doch am Nachmittag."

"Es geht ihm aber gar nicht gut, Herr Isselstein." Patsy spielte Hey Jays Trick mit.

Lina, Ali und Jola schauten besorgt. Patsy zwinkerte Ali verstohlen zu. Ali schien zu verstehen, er flüsterte mit Lina, Lina widerum schrieb ein Zettelchen an Jola.

"I'm sorry", sagte Hey Jay mit gedrückter Stimme, "**I don't feel well**, I think I'd better go for a walk."

Herr Isselstein war sichtlich irritiert. "Ja ja, gut gut, aber haltet unseren Unterricht nicht länger auf, Kinder."

"Soll ich ihn nach Hause bringen?" Bastian! Die alte Heulsuse! Der wollte Hey Jay nach Hause bringen?! Wieso das denn?

"Der ist groß, der kann schon alleine gehen", fauchte Patsy ihn an.

Die halbe Klasse hing am Fenster, als Hey Jay aus dem Schulgebäude trat, sein Schirmchen aufspannte und über den Schulhof ging.

"Jetzt reicht's aber, Kinder!" Herr Isselstein wurde grantig. "Es reicht! Zu unserem Thema: adverbiale Bestimmungen. Also: Welche adverbialen Bestimmungen gibt es und wie heißen sie? Bastian?"

I don't feel well. Ich fühle mich nicht wohl.

Patsys Gedanken schwirrten herum. Plötzlich fiel es ihr wie Schuppen von den Augen: Bastian wollte sich wegschleichen, weil er vielleicht der Täter war! Patsy starrte ihn an. Bastian, der eben noch so frech gewesen war, wirkte irgendwie zerstreut.
Herr Isselstein schaute ebenfalls auf ihn. "Bastian? Du weißt das doch sicherlich, nicht wahr?"
Es konnte sich wirklich keiner vorstellen, dass Bastian irgendetwas nicht wusste, denn Bastian war ein echter Streber.
Herr Isselstein bohrte weiter: "Also Bastian: adverbiale Bestimmungen?"
"Ich, ich …" Na klar, jetzt war's so weit. Er heulte. Und stürzte raus.
"David, geh hinterher und bring ihn zurück", knurrte Herr Isselstein.
Das war jetzt sonnenklar! Die beiden waren die Täter! Einer würde die Farbbombe werfen, der andere Schmiere stehen. Patsy konnte kaum still sitzen.
Oder zum ersten Mal in seinem Leben wusste Bastian mal keine Antwort?
Diese Vorstellung fand Patsy allerdings auch interessant und sie musste grinsen.
"Patsy? Du bist so fröhlich, sicherlich, weil du ganz viel weißt über adverbiale Bestimmungen der Zeit?"
Patsy wiederholte: "Der Zeit?"
In diesem Augenblick riss glücklicherweise Andy die Tür auf und kam ins Klassenzimmer geschossen. Der

kam *immer* zu spät bei Herrn Isselstein. Herr Isselstein mochte Andy überhaupt nicht und ließ seine schlechte Laune gerne an ihm aus.
"Ach, der Herr Andreas. Na, *ausnahmsweise* mal zu spät? Du hast sicher noch sooooo viel gelernt, nicht wahr, mein Lieber? Dann hilf doch mal Patsy aus der Patsche: Was weißt du über adverbiale Bestimmungen?"
Andy schwitzte vom Rennen und war total durch den Wind. Er wusste gar nichts.
"Kann ich mal aufs Klo?" Die kleine Joanna! *Immer* mitten im Deutschunterricht. Dass das Herrn Isselstein nicht auffiel. Aber Joanna war sein Liebling. Da konnte sie machen, was sie wollte. Sie durfte natürlich aufs Klo. Und Jenny musste auch. Da konnte Herr Isselstein natürlich jetzt nicht nein sagen.
Patsy schaute auf die Uhr. Eine ewig lange Unterrichtsstunde lag noch vor ihnen.
Eine ewig lange Stunde, in der fast alle mal aufs Klo mussten und Herr Isselstein mit einem Stück Kreide nach Leo warf, weil der vor Müdigkeit drohte vom Stuhl zu fallen. Leo allerdings warf die Kreide unüberlegt zurück und traf Herrn Isselstein am Kopf. Deshalb kündigte Herr Isselstein einen zusätzlichen Test über adverbiale Bestimmungen für die kommende Woche an.
"Damit ihr wisst, wo's langgeht", brummte Herr Isselstein beleidigt in das Chaos hinein.

Die Four Tops saßen da und fieberten Hey Jays Bericht entgegen.

In der Pause rannten sie die Treppen hinunter zur Eingangshalle.
Und wirklich – es war wieder passiert.
Dieses Mal hatte der Übeltäter eine große *weiße* Farbbombe benutzt. Die Farbe lief noch die Wand herunter. Herr Paseletzky wischte daran herum und versuchte zu retten, was zu retten war. “So eine verflixte Lackfarbe, die geht nicht richtig weg, verdorrich. Das ist doch keine Autowerkstatt hier!”
Wo war eigentlich Hey Jay?
Patsy schaute sich verstohlen um. Da kam er, aus dem Lehrerzimmer. Was hatte er da zu suchen? Hatte er den Täter schon gemeldet? Aber er schaute, als wenn nichts gewesen wäre. Poker face, dachte sie. I'll ask him later.
Patsy starrte wieder auf das Bild und lauschte dem immer wieder schimpfenden Hausmeister. Der Geruch der Farbe drang in ihre Nase. Sie ging näher an das Bild heran, tunkte einen Finger in eine Farbblase und roch daran. Plötzlich stand Hey Jay neben ihr.
“Puh, it stinks, smell this.”
Patsy hielt ihm ihren Finger unter die Nase.
“What kind of paint is it, do you know?”
Hey Jay zuckte nur die Achseln. Patsy drehte sich zum Hausmeister.

"Entschuldigung, was ist denn das für eine Farbe? Haben wir so was hier an der Schule?"
"Nee, bestimmt nicht", stöhnte Herr Paseletzky. "Die stinkt viel zu sehr. Ist irgend so ein Lack. Möbellack, Autolack, irgendsowas."
Da klingelte es zum Pausenende und alle gingen laut diskutierend zurück in ihre Klassenzimmer.

"Poker face, you're a poker face", flüsterte Patsy Hey Jay zu.
Frau Mennemann unterbrach sie: "Liebe Leute!" Das sagte sie immer, wenn es ernst wurde. "Liebe Leute. Wir haben den Täter! Allerdings weiß ich nicht, ob es eine gute Nachricht ist, denn der Täter kommt aus unserer Klasse."
Ein Raunen ging durch die Reihen. Patsy glaubte zu sehen, dass Bastian blass wurde. War er es gewesen? Jenny war auch ganz hibbelig – ja, auch sie hatte die Klasse verlassen, mit Joanna. Mist, es waren in der vergangenen Deutschstunde fast alle draußen gewesen! Einer von ihnen war also der Täter!
"Ich habe beschlossen, dem Täter die Chance zu geben sich selbst zu stellen. Wenn er das tut, wird er als Wiedergutmachung nur eine neue Leinwand und neue Farbe kaufen müssen und den Four Tops bei ihrem letzten und sicherlich besten Bild assistieren. Bis morgen, Donnerstag, 9 Uhr früh, hat er Zeit. Haben wir uns verstanden?"

Alle nickten.
Alle schwiegen.
Alle schauten sich verstohlen um.
Einer von ihnen war es.
Aus der eigenen Klasse.

Nach der Schule gingen sie zu Jola. Solange es noch kein richtiges Bandenquartier gab, konnte man bei Jola das Wichtigste ungestört bereden. Sobald sie in ihrem kleinen fliederfarbenen Zimmerchen saßen, redeten alle durcheinander.
"Wer war's?"
"Who did it?"
Aber Hey Jay erklärte, dass er Frau Mennemann versprechen musste, niemandem zu verraten, wer es war. *Niemandem*!
Die Four Tops waren unglaublich enttäuscht.
"Okay. Just let us know what you did."
"**Simple**." Hey Jay blickte in die Runde. Jola riss eine Chipstüte auf und bot sie allen an. Aber außer ihr selbst hatte niemand Appetit.
"All right. As you all know, I pretended that I felt ill. I left the school grounds. But as soon as you moved away from the window …"
"Übersetzt mir das mal einer?", beklagte sich Jola aufgeregt.

Simple. Ganz einfach.

"Also, ich hab das Schulgelände verlassen, und sobald ihr vom Fenster verschwunden wart ..."
"... I ran back and went into the hall."
"... bin ich zurück in die Eingangshalle gerannt."
"I'd already looked for a place to hide there ..."
"Ich hatte da vorher schon nach einem Versteck gesucht ..."
"... and I sat down behind the big plant in the corner."
"... und ich hab mich hinter die große Pflanze in der Ecke gesetzt."
"And then I heard somebody coming."
Hier stoppte er seinen Bericht und wiederholte nur:
"I had to promise Mrs Mennemann not to tell anybody about it."
"Was?", krächzte Jola.
"Er musste Frau Mennemann versprechen, es keinem zu verraten."
Patsy hatte verstanden. Es machte wirklich keinen Sinn, ihn weiter zu löchern. Vielleicht würde er es aber ihr erzählen, später, wenn sie allein waren.
Sie gingen nach Hause. Lina hinter ihr, im Gespräch mit Hey Jay. Irgendwas über hedgehogs, mice und rabbits redeten die zwei. Wie konnten sie sich nur jetzt über so banale Sachen unterhalten! Schließlich sprachen sie über Musik. Das hatte Patsy ganz vergessen, ab heute hatte Lina jeden nachmittag Probe mit dem Schulorchester! Alles für das Fest am Sams-

Mathe Test
TSCHIPPI
CHIPS

tag. Lina hatte schon ganz früh mit dem Geigespielen angefangen. Und sie würde ihre Geige niemals aufgeben. Sagte sie jedenfalls.
"Patsy?" Lina überholte sie. "Heut bin ich doch mal dran mit Hey Jay, oder? Der kann ja, wenn er will, mit zu meiner Orchester-Probe kommen."
"Will er denn?"
"Ja, er will."
"Toll, dann bin ich ihn mal wieder los."
Aber innen drin fühlte es sich für Patsy ganz anders an. Sie hatte sich schon ganz schön an Hey Jay gewöhnt.

Patsy konnte nicht schlafen an diesem Abend. Es war schon lange dunkel. Der Mond schien in ihr Zimmer. Fast Vollmond. Patsy hatte keinen Vorhang. Sie wollte immer die Sterne sehen. Wolken zogen über den Himmel.
Da kam ihr eine Idee. Sie hatte gesagt, sie würde bis Freitag bleiben, wenn Hey Jay den Täter fand. Oder die Täterin. Würde er sie einweihen, wenn sie ihm verspräche, *ganz* zu bleiben? Eigentlich war es okay so, mit ihm hier. Schlimmstenfalls würde sie ihn nachher noch vermissen.
Patsy erschrak vor ihren eigenen Gedanken.
"Are you asleep?", fragte sie in die Nacht hinein.
"No. I'm still reading."
War ja klar. Er las, wie immer. Was las er da bloß die halbe Nacht?

"Listen. I told you I'd stay until Friday if you found out who destroyed our painting, right?"
"Right."
So weit also waren sie sich einig.
"If you tell me now who it was, I'll stay here as long as you're here with us …"
Schweigen. War ja klar. Das kluge Köpfchen mit dem Käppchen musste erst denken. You better think, think, think about what you're trying to do to me … Das war ein toller Song von Aretha Franklin, der fiel Patsy gerade ein. Er sollte sich wirklich gut überlegen, was er jetzt tat!
Plötzlich tauchte sein Rotschopf neben der Kuhwand auf. Schnell zog Patsy ihre Decke bis unters Kinn.
"Excuse me, may I sit down?"
Klar, setz dich nur auf meine Kühe, aber pass auf, was du sagst!, dachte Patsy.
"Okay", sagte sie.
Hey Jay setzte sich auf ihre Bettkante.
"I want you to stay, but I can't tell you because I promised. So I'll give you a chance to work it out. Will you **accept** that?"
Patsy dachte eine Sekunde nach. Ja, Hinweise waren auch okay. Sie würde es dann sicherlich sofort wissen und er musste sein Versprechen nicht brechen.

---

accept akzeptieren

"All right, I accept."
"Okay. Question one: Do you think it's hard to make friends? Question two: Why was it so difficult for Mr Paseletzky to clean the wall? **Now it's your turn**, Patsy."
Patsy wuschelte wild in ihrer Mähne herum. Die erste Frage war irgendwie saublöd. Ob es schwer war, Freunde zu finden? Wieso sollte das ein Hinweis auf den Täter sein? Frage zwei schien leichter, denn dass mit der Farbe etwas nicht gestimmt hatte, war ihr auch aufgefallen. Aber wieso glaubte Hey Jay, dass sie deshalb wissen müsste, wer der Täter war? Patsy ging in ihrem Kopf alle Situationen durch, die sie mit Hey Jay an den drei Schultagen erlebt hatte – und dann wusste sie, wer der Täter war.
"I think I know who it was."
Und sie flüsterte den Namen so leise in sein Ohr, dass er ihn kaum verstand.

Donnerstag
Frau Mennemann blickte sehr ernst in die Runde.
"Der Täter hat sich noch nicht gemeldet. Es ist Zeit bis 9 Uhr, ich bin in der Pause im Lehrerzimmer. Ich möchte euch sagen, dass ich es nicht schlimm finde, wenn man mal Mist macht. Dafür gibt es sicher auch

---

Now it's your turn. Jetzt bist du an der Reihe.

einen Grund. Aber ich kann es gar nicht leiden, wenn jemand nicht zu seinen Taten steht. Das finde ich unglaublich feige. Nun zur Mathe-Arbeit."

Die Mathe-Arbeit! Patsy hatte sie schon wieder völlig vergessen. Außerdem hatte sie die halbe Nacht nicht geschlafen. Am Morgen war sie Hey Jay geradezu dankbar gewesen, dass er mit Lina ununterbrochen über Musik redete, denn sie konnte ihr Geheimnis kaum für sich behalten. Wenigstens Lina, ihrer allerbesten Freundin, hätte sie es wahnsinnig gerne erzählt.

In ihr wütete es wie ein Tiger. Noch eine Stunde mit einem Tiger im Bauch.

Die Mathe-Arbeit lag auf dem Tisch.

"Patsy, willst du gar nicht wissen, wie deine Mathe-Arbeit war?" Frau Mennemann stand plötzlich vor ihrem Tisch.

"Äh, ja, doch, natürlich, klar." Sie schaute Frau Mennemann an, lächelte und sagte: "Tut mir Leid, ich habe so schlecht geschlafen, weil ich die ganze Nacht überlegt habe, wer es wohl gewesen sein könnte, und ich hoffe sehr, dass der Täter sich meldet, damit wir nicht mehr jeden hier verdächtigen."

Die ganze Klasse war still.

Frau Mennemann nickte ihr freundlich zu. "Du hast Recht, Patsy. Das hoffe ich auch."

Die Mathe-Arbeit war gar nicht so schlimm ausgefallen, wie sie befürchtet hatte. Immerhin eine drei

minus. Nichts Dolles, aber auszuhalten. Nächstes Mal würde sie etwas mehr tun. Schade, dass dann Hey Jay nicht mehr da sein würde.
8 Uhr 45 Minuten. Es klingelte zur Pause. In der Eingangshalle stand Herr Paseletzky vor der leeren gelben Wand mit den weiß glänzenden Lackflecken.
"Hallo, ihr Spitzenkünstler", grüßte er sie von der Seite, "euer nächstes Bild muss aber dreimal so groß werden, was meint ihr? Die weißen Spuren auf der Wand machen sich nicht so gut."
"Machen wir", antworteten die Freunde wie aus einem Munde.
Schon vor dem nächsten Klingelzeichen waren sie in der Klasse zurück.
Mrs Black kam pünktlich zur Tür herein, Punkt 8 Uhr 50.
"Good morning, children", flötete sie, wie immer.
"Good morning, Mrs Black", flötete die Klasse zurück – ebenfalls wie immer.
"Today I want to play a game with you and our **guest** from Wales", begann sie. Sie wollte garantiert wieder dieses Bobby-Spiel mit ihnen spielen. Einer spielte den Bobby, also den Polizisten, und andere fragten nach dem Weg. How boring, dachte Patsy nur, vor allem, weil sie es zurzeit ständig spielten.
Aber glücklicherweise klopfte es in dem Moment an

---

guest Gast

der Tür und auf Mrs Blacks fröhliches "Come in" kam Frau Mennemann herein.
"Liebe Frau Black, ich muss Ihnen leider die Four Tops und ihren Gast aus Wales entführen, sie kommen zurück, sobald es geht."
Mrs Black nickte verständnisvoll. "It's **a pity**, because I was just hoping to play a game with our guest. But go ahead, we can do that later. **In the meantime** I'll be the bobby."
Patsy grinste. Mrs Black spielte den Bobby zu gerne selbst.
Im Hinausgehen bemerkte sie, dass jemand fehlte. Dieser Jemand saß nicht auf seinem Platz und auch sonst nirgends. Der Täter hatte sich wohl doch freiwillig gemeldet.

Es gab in der Schule einen Raum, der für Besprechungen und Streitschlichtung zur Verfügung stand. Hierhin führte Frau Mennemann die fünf. Unterwegs redete keiner.
Frau Mennemann ging als Erste in den Raum, die fünf folgten ihr. Und da saß er.
"Andy?" Ali verschlug es die Sprache.
Andy saß da wie ein Häufchen Elend.
Lina, Ali und Jola starrten ihn an. Hey Jay ließ sich

---

a pity schade
in the meantime in der Zwischenzeit

nichts anmerken. Poker face. Patsy war ungeduldig. Sie wollte nur noch eins wissen: "Warum?", fragte sie Andy.
Andy schwieg und schaute auf seine Schuhe. Alle setzten sich.
Frau Mennemann hockte sich neben Andy. "Bitte sag ihnen, was du mir gerade erzählt hast. Ich verspreche dir, sie werden dich nicht auslachen."
Andy puhlte an seiner Hose herum und druckste.
"Ich war einfach sauer, stinksauer."
"Wieso? Was haben wir dir getan?" Patsy konnte sich an nichts Besonderes erinnern.
"Nicht ihr."
"Nicht wir? Wer denn?"
"Ali."
Ali riss die Augen weit auf. "Ich? Was hab ich denn gemacht?"
"Nichts, das ist es ja eben. Du bist ein Weichei und ein Weiberheld und … und … und Ausländer."
Das saß. Ali stand langsam auf.
Frau Mennemann gab ihm ein Zeichen sich zu setzen.
"Andy, du hast mir das ganz anders erzählt. Soll ich dir helfen?"
Andy nickte. Patsy sah, dass eine Träne über seine Wange rollte. What a stupid **coward**!, dachte sie nur und wickelte eine Locke um ihren Finger.

---

coward Feigling

“Also”, Frau Menneman räusperte sich, “Andy hat mir das folgendermaßen erklärt: Eigentlich mag er Ali nämlich gern, sehr gern sogar. Aber Ali redet nie mit ihm, sondern immer nur mit euch Mädchen. Das hat ihn ganz fürchterlich eifersüchtig gemacht. Deshalb hat er euer Bild verschmiert.”

“Was? Das ist alles?!” Patsy sprang entgeistert auf und schüttelte ungläubig ihre Lockenpracht. “Das ist incredible, unbelievable, unglaublich! Warum sagt der Idiot denn nie was? Ali, wusstest du überhaupt, dass Andy scharf drauf ist, mit dir befreundet zu sein?”

Ali konnte gar nichts sagen, er war so platt. Er schüttelte nur den Kopf und beobachtete Andy. Der guckte immer noch zu Boden und zog die Nase verdächtig hoch.

Frau Mennemann gab Patsy ein Zeichen, sich zu setzen.

“Andy möchte sich gerne bei Ali entschuldigen. Bei euch Mädchen natürlich auch. Aber wir haben noch ein Problem. Andy, möchtest du es selbst sagen?”

Andy schüttelte nur den Kopf. Tränen tropften auf seine Hose.

Jola fischte ein Taschentuch aus ihrer Hosentasche. “Da, nimm”, ermunterte sie ihn.

Lina hatte Patsys Hand genommen und fummelte an deren Fingern herum. Patsy fuhrwerkte mit der freien Hand in ihrem Wuschelhaar. Nur Hey Jay, der ja gar nichts von alldem verstehen konnte, saß ganz

ruhig da und stützte seine Hände auf den Sonnenschirm.
"Gut." Frau Mennemann strich Andy über den Kopf. "Wir hatten ja abgemacht, dass der Täter euch eine neue Leinwand und Farben kaufen muss. Andy hat natürlich nicht genug Geld dafür und er müsste es seinem Vater beichten. Aber er hat Angst, es ihm zu erzählen. Sein Vater, wisst ihr, der ist nicht gerade nett zu ihm ..."
Andy schluchzte, alle anderen blickten noch betretener als zuvor.
"What's going to happen to him?", fragte Hey Jay leise. "Can we help him?"
Patsy flüsterte zurück: "He's too scared to tell his father."
"Poor Andy. Oh, I understand: he can't afford to buy new painting materials?"
"Exactly." Andy tat Patsy jetzt ziemlich Leid.
Frau Mennemann sah alle nacheinander an. "Andy hat versprochen, so etwas niemals wieder zu tun und Ali auch nicht mehr zu beschimpfen. Für mich ist das so in Ordnung, vielleicht auch für euch. Und im Übrigen hat Herr Paseletzky sich bereit erklärt, euch zu unterstützen."
Patsy wollte nur noch, dass diese Sitzung möglichst schnell vorbei ging. "Okay. Wegen mir muss Andy seinem Vater nichts davon erzählen, was meint ihr?"

Alle schüttelten den Kopf. Sogar Hey Jay. "Also gehen wir jetzt zu Herrn Paseletzky und sehen, was er mit uns vorhat. – Andy, du musst uns bei unserem neuen Bild helfen, das ist doch wohl klar, oder?"
Andy nickte und putzte sich wieder die Nase.
"Danke", flüsterte er nur.
Ali hatte ihn die ganze Zeit nur ziemlich dumm angeglotzt. "Wie willst du das eigentlich den anderen erklären?"
Alle schauten Andy fragend an. Der fing wieder an zu heulen. "Keine Ahnung", schluchzte er.
Jetzt stand Lina auf: "Ich bin Klassensprecherin. Wie wär's, wenn ich das übernehme? Ich werde denen das schon erklären."
Frau Mennemann stand auf. "Das ist eine großartige Idee, Lina. Ich bin wirklich stolz auf euch alle. Ja, auch auf dich, Andy, weil du deinen Fehler zugegeben hast. Und nun seid ihr für heute und morgen vom Unterricht befreit, damit ihr das tollste Bild aller Zeiten malen könnt. Viel Spaß! Frau Bruns wird für euer leibliches Wohl sorgen."
Sie verließen den Raum. Ali ging schweigend neben Andy her. Andy schnäuzte und schnäuzte, bis endlich nichts mehr zu schnäuzen war.
Dann standen sie in der Halle vor Herrn Paseletzky, der wild an einigen langen, dicken Holzklötzen herumsägte. Er hatte den größten Teil der Halle mit Stühlen und einem rot-weißen Band abgesperrt.

“Hammer”, kommandierte er nur. Andy sprang los und reichte ihm den Hammer.
“Nägel”, befahl ihm der Hausmeister weiter. Andy suchte nach Nägeln. In der Ecke stand der Werkzeugkasten.
Schon bald lag auf dem Boden ein riesiges hölzernes Rechteck.
“Hallo, Kinder!” Frau Bruns kam mit einem großen Stück Stoff um die Ecke. “Ist es recht so?”, fragte sie.
Herr Paseletzky nickte. “Jou”, sagte er und reichte Andy zwei Stoffecken. In wenigen Augenblicken hatten sie das Tuch aufgespannt und legten es über die Holzklötze. Mit vielen Nägeln hämmerten die beiden den Stoff stramm auf den Holzrahmen und da war sie: Die größte Leinwand aller Zeiten.
“Hallo, Kinder, Zeit für Kakao und Kekse!” Frau Bruns kam schon wieder um die Ecke. Diesmal brachte sie ein Tablett voller Becher und ihrer süßen Dose.
Die Four Tops und Hey Jay stürzten sich darauf, während Herr Paseletzky und Andy verschwanden.
Die Tassen waren noch nicht leer, als Andy und der Hausmeister mit großen Farbtöpfen zurückkehrten.
Patsy warf ihre Haare zurück und sagte zu Hey Jay: “Black and white, blue, yellow, red – all the colours we need.”
“What shall I do? Do you need me at all?”
“Hey, brauchen wir Hey Jay? Kann er uns irgendwie helfen? Was meint ihr?”

Ali kratzte sich am Kopf. “Wir werden sehen. Auf jeden Fall soll er hier bleiben, er gehört doch schon fast dazu, oder?”

Und sie malten so konzentriert wie nie zuvor.
Lina zeichnete mit einem großen Pinsel die Umrisse aller Tiere, die ihr einfielen – sie war die Zeichnerin der Bande. Ali war der Comic-Spezialist unter ihnen, er veränderte immer ein bisschen was an Linas schönen, aber braven Zeichnungen, und schon sahen all die Hamster und Meerschweinchen, Kaninchen, Igel und Spatzen ziemlich schrill aus.
Patsy hatte das beste Gefühl für Farben. Schöne, satte, volle Farben mischte sie aus den Grundtönen, und es zeigte sich, dass Hey Jay dafür auch ein gutes Händchen hatte. Er mischte mit und brachte manchmal mit einem einzigen Klecks ein besonderes Leuchten in die Farben hinein. Sie waren wirklich ein gutes Team, fand Patsy.
Jola malte am liebsten klitzekleine Kleinigkeiten überall dazwischen; dort, wo sie Lust hatte, tauchte eine kleine Blume auf, eine Wespe, oder ein Flugzeug im Hintergrund.
Andy lief zwischen ihnen hin und her, wusch unermüdlich Pinsel und Paletten aus. Im Gegensatz zu Patsy bekam er nicht mit, dass Ali ihn immer wieder beobachtete.

Als die Schulglocke am Mittag ertönte, war das Bild fertig.
Den ganzen Vormittag über hatten sie die Halle ganz für sich allein gehabt – niemand sonst hatte sie betreten dürfen. Jetzt saßen sie am Bildrand herum und aßen zum siebten Mal Kekse von Frau Bruns.
Andy fegte und wischte die ganze Halle, bis sie blitzte wie nie zuvor.
Herr Direktor Schmilinsky war glücklich. "Jetzt muss es nur noch trocknen, und dann, morgen früh, hängen wir es auf."
Frau Bruns, die eigentlich immer glücklich war, war jetzt noch glücklicher.
Hey Jay verbeugte sich vor ihr: "This is **because of** your excellent hot chocolate and biscuits."
"Oh!" Frau Bruns wurde richtig rot. "Thank you very, very much!"
Auf dem Heimweg schilderte Patsy ihren Freundinnen, wie sie auf den Täter gekommen war. Erstens: Andy war zu spät zum Unterricht erschienen, war also für einen Augenblick alleine in der Empfangshalle gewesen. Zweitens: Die Lackfarbe hatte ihn verraten, wo sein Vater doch in einer Autowerkstatt arbeitet. Da benutzt man schließlich Autolacke. Und grinsend fügte Patsy hinzu: "One plus one makes two, schubidu."

---

because of wegen

Biete
Nachhilfe
in Mathe
Wer Interesse
hat, meldet
sich bei mir.
Tel. 555 24 57
PIEP!
BSSS.

Hey Jay grinste zurück.
Patsy hatte kein Sterbenswörtchen von seiner ersten Frage verraten. Sie schaute sich um. Hinter ihnen gingen Ali und Andy schweigend nebeneinander her.

Nach dem Essen musste Patsy sich beeilen. Thomas, ihr Fußballtrainer, konnte es gar nicht leiden, wenn jemand zu spät kam. Hey Jay trottete neben ihr her, mit seinem blöden Sonnenschirm bewaffnet. Eine Idee schoss ihr in den Sinn: Let's see how fast he can run with his parasol, und sie ging zügiger. Fortwährend richtete sie den Blick auf ihre Armbanduhr und sagte immer wieder: "Ooh, it's so late." Oder: "I don't want to be late." Oder: "I hope we'll **get there in time**." Und so weiter. Und sie begann zu rennen. Hey Jay, man glaubt es kaum, rannte in Patsys Tempo neben ihr, und das mit aufgespanntem Sonnenschirm. Sie wurden immer schneller, und am Ende wurde es gewissermaßen ein Wettrennen. Völlig außer Atem kamen Patsy und Hey Jay an der Turnhalle an. Sie waren die ersten.
Hey Jay neben ihr lächelte. Was auch sonst. "That wasn't bad", sagte der doch glatt. Nicht schlecht fand er das also, der Herr aus Wales.

---

get there in time rechtzeitig ankommen

Freitag

Der Freitag war voller Vorbereitungen für das bevorstehende Schulfest. Lina probte mit ihrem Orchester. Jola testete Teigherstellung für ihre Waffelbäckerei und füllte Töpfe und Schüsseln. Hey Jay und Patsy mussten am Nachmittag zum Probeessen kommen. Als auch Ali mit Andy im Schlepptau auftauchte, war den anderen schon fast übel. Sie aßen Waffeln bis zum Umfallen.

Am Abend lag Patsy noch lange wach, weil ihr Bauch zwickte. Hey Jay schien noch zu lesen.

“What do you think of Andy?”, fragte sie in das Dunkel hinein.

“He’s a nice **guy**. It’s good that he and Ali made friends. And I’m very happy that we’re becoming friends, too.”

Patsy lauschte in die Nacht. Waren Hey Jay und sie tatsächlich Freunde geworden?

---

guy Typ

Haltet den Dieb!

Samstag
Das Schulfest war einfach wunderbar. Alle bestaunten das tolle Wandbild der Four Tops. Jola stand den ganzen Tag glücklich strahlend darunter mit ihrer Waffelbäckerei, und immer abwechselnd half ihr eine Klassenkameradin. Es war viel los bei ihr, denn ihre Waffeln schmeckten super.
Patsy war überall. Manchmal half sie Jola. Auch Hey Jay probierte sich als Verkäufer: "Guude Tach, darf es ein leckere Waffl sein? Makt fumfzisch zent. Danke schöin." So ähnlich klangen seine Versuche.
Dann wieder raste Patsy mit Hey Jay über den Hof in die Aula, wo jede volle Stunde ein Auftritt war: Der Schulchor, englische Sketche oder Lina mit dem Orchester.
"Fantastic", sagte Hey Jay immer wieder, "especially Lina."
Oder sie rannten durch die Hallen, trafen Ali und seine Familie, besuchten Andy, der sich beim Verkauf von Getränken nützlich machte. Oder sie warfen Bälle auf Dosen, Pfeile auf Luftballons oder spielten Fußball.
Patsys Vater und Granny kamen irgendwann mittendrin und aßen bei Jola erstmal jeder zwei Waffeln.
"Where's Mama?", fragte Patsy.
"Meeting Petra", antwortete ihr Vater kurz. Petra

war Mamas beste Freundin. Ungefähr eine halbe Stunde vor Ende kam ihre Mutter auch noch und aß die letzten Waffeln von Jola.
Kurz vor Ende des Festes wollten sich die Four Tops zum großen Abschlusskonzert in der Aula treffen. Patsy und Hey Jay waren pünktlich da, natürlich ganz vorne an der Bühne. Hey Jay konnte gar nicht genug bekommen von Lina und ihrer Musik: "Lina's a great **musician**."
"Yes, she is; but where's the rest of the gang?"
Sie schauten sich um. Ali stand hinten in der Aula mit Andy und ein paar Jungen. Aber wo blieb Jola? Lina spielte schon längst, und Jola wollte sie doch unbedingt sehen. Irgendwas stimmte da nicht. Jola war immer hundert Prozent zuverlässig.
"Let's go!", sagte Patsy zu Hey Jay.
"No, sorry, I want to stay and listen to Lina."
Okay. Auch egal. Patsy rannte raus, an Ali vorbei. "Komm mit, Jola suchen!", rief sie, und Ali lief sofort hinter ihr her.
Als sie auf den Schulhof kamen, war da ein großes Geschrei. "Haltet den Dieb!", hörten sie von allen Seiten. Und da hinten lief Jola, sie rief immer wieder: "Mein Geld, das ganze Geld! Alles ist weg, alles ist weg!"
Patsy und Ali rannten zu ihr.

---

musician Musiker(in)

"Jola, was ist passiert?"
"Meine Kasse ist geklaut worden!"
Frau Mennemann tauchte auf, und Herr Direktor Schmilinsky schob die Kinder in die Eingangshalle. Dann machte er die Tür zu. "Ihr schon wieder." Er schwitzte. "Wo ihr seid, ist wohl immer was los."
"Was ist los?" Lina stürmte mit Hey Jay in die Eingangshalle.
Alle ließen sich an einem der Tische, die Jola eigens für die Waffelesser aufgebaut und dekoriert hatte, auf die Bank plumpsen.
Jola versuchte den Hergang zu schildern. "Also, der Teig war alle, und ich hab mich so gefreut, dass so viel gegessen wurde, weil wir ja das Geld für eine Schule in Afrika spenden wollten. Alle fanden meine Waffeln so lecker. Mehap war in die Küche gegangen, um alles zu spülen, und ich wischte die Tische ab."
Hey Jay stupste Patsy an: "What's happened?"
"**Someone has stolen** her **cash-box** with all the money inside. It seems there was a lot of money, and now it's all **gone**. She left the cash-box **unattended while** she was cleaning the tables."

---

someone jemand
has stolen hat gestohlen
cash-box Kasse
gone weg
unattended unbeaufsichtigt
while während

Zu Jola gewandt fragte sie: "Und die Kasse stand da? So ganz alleine?"
"Ja! Ich bin doch nicht auf die Idee gekommen, dass sie jemand klaut, ehrlich Patsy, auf sowas komme ich nicht. So'n Mist, so eine Gemeinheit!"
"Okay, no problem, we'll try to find your cash-box", sagte Hey Jay beruhigend zu Jola. "Did anything or anybody **attract your attention?**"
Jola hatte Hey Jay tatsächlich verstanden und versuchte ihm zu antworten.
"There was an old man who asked for the toilet about **five times**! And a **young** woman, she was very thin, she had dark, **greasy** hair, she **was wearing** sunglasses, and she **was shivering** although it's a hot day. And there were three boys who came back again and again – **they each bought** at least three waffles."
"Waren die Jungen von unserer Schule?" Patsys detektivisches Fieber war geweckt.
"Nein, ich hab die noch nie gesehen."
"What colour was your cash-box?"

(Did anything) attract your attention? (Hat irgendetwas) deine Aufmerksamkeit erregt?
five times fünfmal
young jung
greasy fettig
was wearing trug
was shivering zitterte
they each bought jeder von denen hat gekauft

"Welche Farbe? Red, bright red, knallrot", und Jola wirkte sehr verzweifelt. "Meine schöne neue Kasse, die hat meine Mama mir extra für heute geschenkt, die ist auch weg. Oh, wie gemein!"
Alle liefen hinaus auf den Schulhof. Aber natürlich war kein Dieb zu finden. Der hatte sich längst aus dem Staub gemacht. Und sie suchten im Gebüsch, denn vielleicht hatte der Dieb sich ja das Geld rausgenommen und die Kasse weggeworfen. Aber nirgendwo war eine rote Kasse.
So endete das tolle Schulfest ziemlich unangenehm, mit Polizei und wenig Aussicht, den Dieb zu finden.

Am Abend lag Patsy zwischen ihren Kühen und starrte aus dem Fenster. Es musste eine Möglichkeit geben, diesen Dieb zu finden. Schließlich stand sie auf und klopfte an die Kuhwand.
"What is it?", fragte Hey Jay von drüben.
"Can I talk to you?"
"Sure."
"What do you think? Is there **any chance of finding** the **thief**?"
"**My guess is** that the thief is not someone from your school."

---

any chance of finding irgendeine Chance ... zu finden
thief Dieb
my guess is ich schätze

"You think it's one of the people that Jola **described**?"
"Yes, I'm sure it is!"
Patsy war auch sicher, dass es kein Mitschüler gewesen sein konnte. Wäre er nämlich ertappt worden, hätte ihm der Rauswurf aus der Schule gedroht. Und das war die Kasse bestimmt nicht wert.
"So, what do you suggest? What can we do?"
"There is a chance. Maybe the thief is a **professional**, and he **often** steals cash-boxes. The old man **sounds like** a **burglar** who needed money. And it seems to me that the young woman may be on **drugs**, because Jola said she was shivering although it was hot."
"That sounds interesting. Have any of your friends got a computer with internet?"
"Ali has, and so has Lina. I mean, their parents have got one. Why?"
Hey Jay überlegte noch einen Augenblick. "Right. Let's go and see them tomorrow. Let's find out whether there are more parties going on in other schools."

---

described hat beschrieben
professional Profi
often oft, häufig
sounds like klingt wie
burglar Einbrecher
drugs Drogen

Patsy kapierte sofort. Sie würden die Waffelbäcker auf allen Schulfesten warnen und den Dieb dingfest machen. Cooler Plan. Hey Jay war echt prima. Mit ihm konnte man sozusagen Pferde stehlen.
"By the way, what's your book about?", fragte sie Hey Jay endlich.
"Oh, about mathematics."
Hey Jay las nachts Bücher über Mathematik! Total schrill, der Typ.

Sonntag
So saßen sie am Sonntag alle an Linas Computer und suchten nach Schulen, die Sommerfeste veranstalteten, druckten Lagepläne aus und planten: Am Freitag war das nächste Schulfest an einem Gymnasium in der Nähe. Gleich darauf am Samstag an einer Gesamtschule.

Die ganze folgende Woche zog sich ewig hin – like **chewing-gum**, but a bad kind of chewing-gum. Patsy lief mit Jola in den Pausen herum und befragte Leute. Aber es war nichts Interessantes in Erfahrung zu bringen. Die junge Frau hatte niemand außer Jola bemerkt. Der alte Mann war der Opa von Joanna. Der fiel als Täter also weg. Die drei Jungen, die Jola aufgefallen waren, hatten versucht, ein paar Kleinere

---

chewing-gum Kaugummi

zu ärgern. Niemand kannte sie. Das war äußerst verdächtig. Sie mussten also am kommenden Freitag besonders nach den drei Jungen Ausschau halten.

Montag

Am Montag, dem einzigen Tag, an dem sie nachmittags alle frei hatten, gingen sie zusammen in die Eisdiele.

Lina rührte bedrückt in ihrem Eis rum.

"Was ist los?", flüsterte Patsy ihr zu.

"Ach, meine Mutter ... an unserem Schulfest wollte sie eigentlich mein Konzert sehen, kam dann aber doch nicht, weil sie im Stau steckte. Und jetzt fliegt sie schon wieder weg und ich bin das Wochenende alleine, Peter ist zwar nett, aber ..."

Patsy brachte das auf eine Idee.

"Hört mal alle her. Lina ist am Wochenende fast alleine, ich finde wir überreden unsere Eltern, dass wir alle bei ihr übernachten. Was haltet ihr davon?"

Jubel brach aus. Lina lächelte und drückte unter dem Tisch Patsys Hand.

"Okay, Hey Jay, we'll all stay at my house for the weekend. What about you, will you **join us**?" Lina lächelte ihn an.

Der grinste: "Certainly. It would be a **pleasure**!"

---

join us mitkommen
pleasure Freude, Vergnügen

Dienstag

Ali ging nachmittags mit Hey Jay zum Karate-Training, und Jola meinte, sie müsse Stoffreste ihrer Mutter bearbeiten, um etwas für das zukünftige Bandenquartier zu nähen. Lina und Patsy wollten ihr helfen. Dabei kam das Gespräch mehr als einmal auf den Dieb. Wie würden sie es anstellen, ihn zu überführen?

“Auf jeden Fall die Waffelbäcker warnen”, meinte Jola und steckte ein Stück Stoff ab.

“Auf alle verdächtigen Personen achten”, fügte Lina hinzu, während sie Stoff-Vierecke zuschnitt.

“Einige von uns sollten Wache schieben und auf den Stand aufpassen.” Patsy saß an der Nähmaschine und fluchte die meiste Zeit. Entweder verhedderte sich der Faden, oder der Stoff war im Weg.

Schließlich hatten sie eine beträchtliche Menge wunderbarer Tücher und Decken genäht, die man für alles mögliche benutzen konnte.

Mittwoch

Mittwoch erst! Die Zeit verging sozusagen gar nicht. Hey Jay war mit Lina bei der Orchester-Probe. Ali war mit Andy verabredet. Patsy fand die Vorstellung, dass ausgerechnet Ali und Andy möglicherweise Freunde wurden, gar nicht übel. Patsy holte Jola ab, und die beiden zogen los, um sich die Schulen, an denen am Freitag und am Samstag Feste stattfanden, schon mal anzusehen. Jola blieb plötzlich stehen.

“Patsy, was ist, wenn es auf dem nächsten Fest gar keine Waffelbäckerei gibt?”
Patsy beruhigte Jola. “Egal. Dann gibt es Kuchen oder irgendetwas. Wir müssen eben alle Kassen bewachen!”

Donnerstag

Am Donnerstag war Fußball-Training. Thomas, der Trainer, wollte an diesem Tag die Mannschaft auf das Spiel am Samstag vorbereiten.
“Mist, Patsy, das Spiel am Samstag, das habe ich total verschwitzt!” Ali wusste, dass sie das Spiel nicht schwänzen konnten. Dieb hin oder her, es ging um die Ehre des Vereins, und wenn sie beide nicht da waren, würde es kein Spiel geben.
“Wir schaffen das schon. Vielleicht fangen wir den Dieb ja auch morgen!”, antwortete Patsy aufmunternd, warf ihre Haare zurück und rannte aufs Spielfeld.
Am Rand saßen Jola und Lina mit Hey Jay in ihrer Mitte. “Ein echt flottes Dreiergespann”, grinste Patsy.

Freitag

Und endlich war der Freitag da.
Ausgestattet mit zwei Handys (Lina und Ali), einem Fernglas (Jola), einem Rucksack mit was auch immer drin (Hey Jay), und einem Fotoapparat (Patsy) gingen sie zum Schulhof des Gymnasiums am Friedrichufer.

Es war noch nicht viel los. Sie sahen den Waffelstand sofort, es standen drei Mädchen dort und bereiteten alles vor. Patsy hatte vorgeschlagen, ihnen erstmal nichts zu sagen, sie wollten den Dieb schließlich auf frischer Tat ertappen. Wenn die Mädchen zu gut aufpassten, hatte der Dieb womöglich gar keine Chance. Also teilten sie sich auf, um in verschiedenen Schichten den Stand zu beobachten: zuerst Patsy und Hey Jay, dann Ali mit Lina, Hey Jay und Jola, Lina und Patsy und so weiter, immer die Runde.

Patsy hatte gerade Dienst mit Hey Jay, als Jola aufgeregt angerannt kam. "Patsy, ich habe die drei Jungen gesehen!"

"*Die* drei Jungen?"

Jola nickte und wandte sich an Hey Jay. "I **saw** those three boys again, you know?" Und weg war sie wieder. Ihr Englisch wurde zusehends besser.

"I'm sure they're the thieves", murmelte Patsy. Lina und Ali kamen zur Ablösung und setzten sich zu ihnen.

"Where's she going now?", flüsterte Patsy.

"Following them, I guess", flüsterte Hey Jay zurück.

"Here she comes again", murmelte Ali.

"And the three boys are coming, too."

Die drei Jungen sahen besonders cool aus, obwohl zwei von ihnen ziemlich dick waren. Sie gingen zum

---

saw habe gesehen

Waffelstand, kauften Waffeln und gingen wieder. Es war wohl ihre Schule, denn sie grüßten fast jeden.
"Let's go and help Jola." Patsy zog Hey Jay mit sich. Zu dritt verfolgten sie die Jungen so unauffällig wie möglich.
Auf dem Hof war eine Bühne aufgebaut. Eine Gruppe von Schülern mit Blasinstrumenten betrat die Bühne und begann zu spielen. Immer mehr Leute kamen zur Bühne, auch einer der drei Jungen mischte sich unter die Zuschauer. Die beiden anderen begannen ein Stück von der Bühne entfernt Fußball zu spielen.
"Maybe it's a trick!", flüsterte Jola Hey Jay und Patsy zu und sie beschlossen, dass Jola den einen beobachten würde, während Hey Jay und Patsy sich um die Fußballer kümmern sollten.
Patsy schaute begeistert immer wieder zur Bühne, denn die Musik war wirklich klasse, bis ihr ein Fußball fast an den Kopf flog.
"Wusst ich doch, Mädchen sollten kein Fußball spielen", hörte sie einen der Jungen sagen.
"Blödmann", murmelte sie nur in sich hinein, schnappte sich Hey Jay und zog ihn weg. "Wir müssen weiter, tschüss auch", rief sie den verblüfften Jungen zu.
Wieso stand Lina an der Bühne? Sie sollte doch mit Ali Wache halten! Lina aber tanzte neben Jola, und direkt daneben stand der dritte von diesen verdächti-

gen Jungen. Die anderen zwei spielten weiter Fußball. Patsy würde sie nicht aus den Augen lassen. **Everything** seems quiet and **peaceful**, dachte Patsy. Ali war auch näher gekommen, aber er hatte die Waffelbäckerei noch im Blick. Patsy schaute wieder zur Band. Immer mehr Zuschauer begannen im Rhythmus der Musik mitzuklatschen oder gar zu tanzen. Ein Heidenspaß war das. "Zugabe", riefen alle am Ende. "Zugabe!"

Doch dann hörte Patsy etwas anderes. Sie hörte Hilferufe. Jola hatte es auch gehört und beide drehten sich um.

Da kam eins der Mädchen vom Waffelbäckerstand in ihre Richtung gerannt.

Ali aber raste in die entgegengesetzte Richtung, in Richtung Schultor.

"Hilfe! Hört mich denn niemand! Hallo!", schrie das Mädchen.

Und ganz hinten, schon aus dem Schultor heraus, sahen sie einen Mann mit der Kasse laufen. Jola zeigte noch in die Richtung und rief: "Haltet den Dieb!" Aber er war schon verschwunden.

Endlich hörte die Band auf zu spielen.

Patsy sah die beiden anderen Mädchen vom Waffelstand aus dem Schulgebäude kommen und lief zu

---

everything alles
peaceful friedlich

ihnen. "Wo seid ihr gewesen?" Die beiden glotzten sie nur blöde an. Und ohne zu antworten gingen sie weiter. Patsy rief hinter ihnen her: "Eure Kasse ist geklaut worden. Deshalb frag ich." Aber anstatt zu antworten liefen die Mädchen zu ihrer Freundin.
Lina und Jola gesellten sich zu Patsy. "Es tut mir echt Leid. Aber ich dachte, wir hatten die drei Jungen alle im Blick und die Band war so gut, und ..." Lina plagten Schuldgefühle.
"... die drei Jungen waren es aber leider nicht", stellte Jola enttäuscht fest.
"Let's see if Ali can tell us something." Mit diesen Worten ging Hey Jay auf Ali zu, der mit hängendem Kopf ankam.
"Ist mein Fehler gewesen, ich hätte besser aufpassen müssen. **I didn't pay enough attention**." Ali seufzte.
"Ich auch nicht", sagte Lina. "Aber wie ist das passiert, es war doch keiner von unseren Verdächtigen da, oder?"
"Da war nur ein Pärchen, und ich hätte wohl auf die achten müssen. Aber wir waren alle so sicher, dass es die drei Jungen waren. Und Jola hatte kein Pärchen gesehen."
Patsy raunte Hey Jay zu: "There was a strange couple. People Jola didn't see at our school."

I didn't pay enough attention. Ich habe nicht genug aufgepasst.

Als Ali das mitbekam, fuhr er auf Englisch fort: "The man had a black jacket on and jeans. They were **both skinny**, and both were wearing sunglasses. That's not **unusual** in the summer", fügte er noch entschuldigend hinzu.
"Zitterten die vielleicht?", fragte Jola ihn. Ali schüttelte den Kopf.
Patsy dachte auch sofort an die Beschreibung der jungen Frau.
"I'm sure it was the woman Jola saw!"
Ali redete weiter: "The woman pretended she was ill and two of the girls **accompanied** her to the toilet, while the man **stood** and waited. I didn't **suspect** anything, and didn't pay enough attention. The man probably stole the cash-box while I was watching the **stage** … but hold on – the woman must still be inside!"
"Ja! Diese Frau muss noch da drin sein, sonst hätten wir sie doch rauskommen sehn!", rief Patsy und rannte ins Schulgebäude. Die anderen hinterher. Sie suchten die ganze Schule ab, begegneten aber nie-

---

both beide
skinny mager
unusual außergewöhnlich
accompanied begleiteten
stood stand
(I didn't) suspect (Ich habe nicht) verdächtigt
stage Bühne

mandem, auf den die Beschreibung gepasst hätte. Dann fand Lina eine offene Tür, die nach hinten hinausführte.

“That's what I thought”, meinte Hey Jay.

Die Polizei war schon da, und Ali und das Mädchen lieferten eine genaue Täterbeschreibung ab. Jola berichtete dem Polizisten, dass ihre Kasse auch gestohlen worden war, und bat ihn, falls sie die Täter ausfindig machten und eine rote Kasse fanden, ihr doch Bescheid zu geben. Sie schrieb ihre Telefonnummer auf, und der Polizist versprach, sich im gegebenen Fall zu melden.

Enttäuscht gingen sie zu Lina. Im Gehen sahen sie noch, wie ihre drei Hauptverdächtigen sich über die Waffeln hermachten, auf die im allgemeinen Tumult natürlich niemand achtete.

“Die drei sind einfach nur verfressen und stürzen sich wohl auf alle Waffeln in der Stadt”, schimpfte Jola.

Sie hatten ihre Taschen und Schlafsäcke bereits mittags zu Lina gebracht, und nun saßen sie in ihrem großen Zimmer in der Runde. Linas Kaninchen hoppelten immer wieder begeistert von einem zum anderen und leckten ihnen die Finger. Peter, der Freund von Linas Mutter, hatte für alle Brote geschmiert und Getränke bereit gestellt. Hey Jay war ganz hingerissen von den beiden Kaninchen.

"Is it difficult to **look after** a rabbit?" Er fragte Lina ein Loch in den Bauch.
"No, it's not difficult at all."
"Do they eat dandelion leaves?"
"Patsy, was ist dandelion?"
"Löwen-fauch-zahn", knurrte die zurück.
"Yes, they like dandelion leaves a lot."
Oder er stand vor dem Mäusekäfig: "Lina, why don't they have any babies?"
Lina lachte. "Because they're both **male**." Sie setzte sich neben Patsy. "Von Haustieren hat dein Cousin aber nicht viel Ahnung, was?"
"Nee, sieht ganz so aus. Hey, Hey Jay, here's another **cage**. How do you like Berta?"
Berta hieß Linas Teddyhamster.
Hey Jay ging zum nächsten Käfig: "Berta? That's a nice name for a guinea-pig. How old is it?"
Patsy hielt sich schon den Bauch vor Lachen.
"Guinea-pig Berta! Ein Meerschweinchen! Hey Jay, this isn't a guinea-pig, it's a hamster!"
Peter kam herein zum so genannten ersten Klingeln. Ali und Patsy durften als Erste ins Bad, sie mussten am kommenden Tag ja das Fußballspiel schaffen.
Alle wollten mitkommen, sie anfeuern und danach würden sie die Diebe überführen. Es wurde dunkel

---

to look after aufpassen, pflegen
male männlich
cage Käfig

draußen und sie breiteten sich auf den Luftmatrazen aus. Als Peter kam, um ihnen eine gute Nacht zu wünschen, schliefen alle.

Samstag

Am nächsten Morgen musste alles ganz schnell gehen. Gleich rein in die Fußballklamotten und los zum Spiel. Patsy und Ali gaben alles, trotzdem spielten sie nur unentschieden. Thomas, der Trainer, war ziemlich enttäuscht. Er meinte, sie hätten es besser gekonnt. Aber egal. **Who cares about** a football game when you have to catch a thief, dachte Patsy, während sie alle wieder mit dem Bus zu Lina fuhren, dort Spagetti aßen, um dann zur nächsten Schule zu laufen.

Da war der Waffelbäckerstand.
Waffles are delicious, dachte Patsy und kaufte sich eine, superlecker.
Sie liefen herum, beobachteten den Stand, es wurde spät und später. Schließlich saßen sie alle zusammen auf einer Bank. Beinahe wollten sie schon aufgeben, da sahen sie sie kommen: die Frau und den Dieb. Jola schaute durch ihr Fernglas. "Das sind sie. Die sehen ganz schön fertig aus." Patsy zückte ihre Kamera und fotografierte sie, als sie sich in der Nähe

---

who cares about wer kümmert sich um

des Stands aufhielten. Ali murrte: "Diese fiesen Typen, denen legen wir gleich das Handwerk!"
Aber plötzlich bauten sich vor ihnen zwei ältere Jungs auf. "Wem legt ihr hier das Handwerk? Was wollt ihr hier überhaupt, ihr gehört doch nicht zu unserer Schule, ihr Küken?"
Jola zitterte vor Aufregung: "Aber, da vorne, die beiden, das sind Diebe, die klauen Waffelkassen!"
"Klauen Waffelkassen? Ihr spinnt doch wohl."
Und bevor einer von ihnen etwas tun konnte, liefen die Hühnen zum Waffelstand, bauten sich dort auf und riefen: "Wo ist der Waffelkassendieb, soll er nur kommen, wir machen buh und dann läuft er!"
Hahaha, und dann lachten sie sich fast tot.
Dabei bemerkten sie nicht, dass der Dieb und seine Freundin sich verzogen. Ganz unauffällig gingen sie weiter, als wenn nichts wäre.
"Let's go. Game **over**. Let's try again next week."
Patsy war total sauer. Sie rannte zu den Typen und motzte sie an: "Ihr habt alles versaut, ihr Idioten!" Und dann flitzte sie vom Schulhof. So schnell konnten die beiden langen Lulatsche gar nicht denken.
Alle anderen trotteten hinterher.
"I've got an idea. May I **borrow** your **mobile**?"

---

over *hier:* vorbei
borrow ausleihen, borgen
mobile (phone) Handy

Lina reichte Hey Jay ihr Handy. “What is it, what’s your plan?”
“I’ll follow them. Maybe I can find out where they live. I’ll **keep** in contact with you. Follow me, but don’t let them see you. Don’t start before you hear from me. What’s your number, Ali?”
“It’s **saved**. Just **key in** *Ali*, then you’ll get it”, klärte ihn Lina auf.
“Okay.” Hey Jay ging los mit seinem Rucksäckchen und dem Sonnenschirm am Arm. Obwohl die Sonne schien, hatte er ihn nicht aufgespannt. Er wollte wohl nicht auffallen.
Bald piepte das Handy, “They’re waiting for bus number 6. The bus is coming – go!”
Die Four Tops liefen los zur nächsten Bushaltestelle. Da fuhr gerade der Bus vorbei mit Hey Jay an Bord, und vorne saß das verdächtige Pärchen.
Es dauerte eine Ewigkeit, bis der nächste Bus kam.
“Hoffentlich passiert Hey Jay nix”, fiepste Jola.
“Quatsch, was soll ihm denn passieren”, beruhigte Patsy sie und drehte an ihren Locken. Aber so ganz wohl fühlte sie sich auch nicht dabei, dass ihr Cousin, der kaum ein Wort Deutsch konnte, jetzt so alleine auf Verbrecherjagd ging.
Da kam der Bus. Sie stiegen ein, wussten aber nicht

---

keep *hier:* bleiben
saved gespeichert
key in gib ein

wohin. Also nahmen sie einfach eine Tageskarte. Sie waren eine Weile gefahren, als das Handy wieder piepte. "We **got off** at the main station."
"Mist, am Hauptbahnhof, hoffentlich fahren sie nicht weg! Armer Hey Jay!" Auch Lina machte sich Sorgen.
Am Hauptbahnhof stiegen sie auch aus und da fiepste das Handy schon wieder: "They **went** into a street called Steindamm, and now they're standing in front of number 13. They seem to live here."
Sie fragten Passanten nach dem Steindamm und liefen so schnell sie konnten hin. Hey Jay war nicht zu übersehen. Er tat so, als würde er sich ein Schaufenster anschauen.
"**Phew**, there you are! We were a little afraid." Patsy klopfte Hey Jay auf die Schulter. "Where are they?"
"They went into the house. They had a **key**, so I guess they live here."
Jola war total aufgeregt: "Ich kann nicht mehr, ich halte das nicht aus, ich hab so Angst, ich will nach Hause."
Lina nahm sie in den Arm. "Jola hat Recht, das wird zu gefährlich. Wir können doch nicht da reingehen und sagen: Huhu, ihr seid böse Diebe, wir nehmen euch jetzt fest."

---

got off sind ausgestiegen
went sind gegangen
Phew! Puh!
key Schlüssel

"Hey Jay, they think it's too **dangerous**. Maybe it's better to call the police. We can tell them everything and they can catch the thieves now."
Und so gingen Ali, Lina und Jola zur nächsten Wache.
Hey Jay und Patsy blieben lieber vor dem Haus, um aufzupassen, dass das Diebespärchen nicht wieder entwischte.
Bald kamen die anderen mit zwei Polizisten zurück. Jola erstattete Bericht: "Zuerst dachten sie, wir wollten sie ärgern mit unserem Waffelbäckerdieb, aber dann fanden sie ein Phantombild, das man gestern schon mit Hilfe unserer Beschreibung gezeichnet hatte. Und der Computer hat ein paar Adressen von Verdächtigen ausgespuckt, und die haben wir uns angeguckt. Und einer der Verdächtigen wohnt im Steindamm 13. A. Wolkmann heißt er, oder sie." Jola war sehr stolz. "Vielleicht kriege ich ja jetzt meine Kasse wieder!"
Einer der Polizisten sagte: "Tja, ihr bleibt besser hier. Wer weiß, wie die reagieren. Und deine Kasse, die bringen wir gleich mit." Die Polizisten gingen zum Haus mit der Nummer 13 und klingelten, klingelten nochmal und nochmal, und dann waren sie im Haus verschwunden.
Eine Weile passierte nichts.

---

dangerous gefährlich

Nach mindestens einer Viertelstunde langen Wartens kamen sie endlich wieder raus, dem Mann und der Frau hatten sie Handschellen angelegt. Einer der beiden Polizisten winkte den Kindern zu und führte die beiden ab in Richtung Wache. Der andere kam zu ihnen: "Tut mir Leid, keine Kasse gefunden, wir suchen weiter. Trotzdem – gute Arbeit! Aber macht das nicht zu oft, das kann gefährlich werden. Mit solchen Leuten ist nicht zu spaßen. Vielleicht brauchen wir euch nochmal als Zeugen, dann rufen wir eure Freundin hier an. Also tschüss, und macht's gut."
"Didn't you take a photo, too? Maybe that will help the police", raunte Hey Jay Patsy zu.
Patsy hatte ganz vergessen, dass sie die beiden Verdächtigen direkt vor dem Waffelbäckerstand fotografiert hatte! Sie versprach dem Polizisten, das Bild als Beweismittel zu schicken.
Jola war enttäuscht und hakte sich bei Hey Jay ein: "They didn't find my cash-box."
"Let's see if we can find it for you. What was their name?"
"Wolkmann, A. Wolkmann, Steindamm 13."
"Okay, let's go, Patsy. Just the two of us."
Patsys Herz klopfte.
"Wartet hier", sagte sie zu den anderen.
Hey Jay stand schon am Hauseingang und studierte die Namensschilder. "Third floor on the right, keep that in mind."

Patsy nickte, “Okay. I’ll ring someone else’s bell and tell them it’s the **postman** or something.”
Patsy klingelte bei verschiedenen Leuten, sagte was von Werbung und schwupps, standen sie im Hausflur. Es roch nicht besonders gut hier.
“If the police didn’t find it in the flat …”, begann Hey Jay.
“… then maybe it’s in the cellar”, vollendete Patsy seine Vermutung.
“I hope so. Let’s go.”
Die Kellertür stand offen.
Hey Jay verschwand, Patsy hinterher.
Puh, es stank nach Müll.
Patsy suchte das Kellerabteil: dritte Etage, rechts. Zu Patsys Erstaunen fischte Hey Jay aus seinem Rucksäckchen einen Schraubenzieher.
“Are you going to **break in**? Isn’t that **burglary**?”, flüsterte sie.
“I don’t think so. We can tell the police later.”
“All right, I’ll stay at the door and **switch the light back on** if it goes out and **keep a look out**!” Patsy würde sofort hören, wenn jemand näher kam. Sie besaß Superohren.

---

postman Postbote
break in einbrechen
burglary Einbruch
switch the light back on das Licht wieder anschalten
keep a look out Schmiere stehen

Hey Jay hatte in Windeseile das Vorhängeschloss abgeschraubt und verschwand im Kellerabteil. Es dauerte nicht lange und er kam mit einer roten Kasse zurück.
“We did it”, sagte Hey Jay mit seinem schönsten Pokerface.
“Well, add one plus one and you'll always get two”, grinste Patsy zurück.
In diesem Augenblick hörte sie Schritte, die sich dem Keller näherten.
“Someone's coming!”, raunte sie Hey Jay zu und zog ihn in eine Ecke, sodass sie nicht gesehen werden konnten. Zwei Männer betraten den Keller.
“Mist”, sagte einer, “ist offen! Ob die Bullen die Ware doch gefunden haben?”
“Das wär die größte Scheiße, die ich je erlebt hab”, erwiderte der andere. “Guck nach, los.”
Und der erste verschwand in genau diesem Kellerabteil. Der andere hielt Wache. Sie hörten Fluche. “Scheiße, was für ein Saustall. Wo haben diese Idioten das Zeug versteckt?” Und dann: “Ich hab's. 'dammtnochmal, ich hab's! Schnell weg hier, bevor die plappern und die Bullen zurückkommen.”
“Sein Glück, dass er uns noch 'ne SMS geschickt hat, bevor sie die Bullen reingelassen haben. Das Zeug hier, das bringt uns alle für Jahre hinter Gitter.”
Und mit diesen Worten waren sie verschwunden.
Das Licht erlosch.

"Oh my God, that was **close**. These guys are dangerous." Patsy zitterten die Knie.
"Let's go", raunte Hey Jay nach einer Weile, fummelte wieder in seinem Rucksäckchen und zog die Taschenlampe hervor.
So schnell sie konnten verließen sie den Keller und rannten hinaus.
Hey Jay reichte Jola ihre Kasse. "Is that yours?"
Jola nickte mit offenem Mund. "How did you do that?" Ali und Lina waren genauso baff.
"Erstmal ganz schnell zur Polizei." Patsys Knie fühlten sich ziemlich weich an.

In der Wache saß ein Polizist am Computer. Patsy berichtete dem Mann die Geschichte. Daraufhin verschwand der in einem Hinterzimmer. Die beiden Polizisten von vorhin kamen und fragten sie nochmal genau aus.
"Okay, was ihr entdeckt habt, ist 'ne große Sache. Wir werden alles nochmal genau durchsuchen. Es sieht ganz so aus, als ob unsere Vermutung stimmt und wir mit eurer Hilfe einem Drogenhändlerring auf die Spur gekommen sind. Kinder, ihr seid sehr mutig, aber sowas ist gefährlich. Solche Kerle haben Waffen und schrecken vor nichts zurück, und ganz sicher nicht vor einem Haufen Zwölfjähriger. Und

---

close *hier:* knapp

die Kasse da, es tut uns Leid, aber die hätten wir gerne erstmal hier, als Beweisstück. Wir melden uns bei euch. In Ordnung?"
Kleinlaut meinte Patsy: "Wir wollten nur, dass unsere Freundin ihre Kasse zurückbekommt."
Der Polizist lächelte: "Na klar, das kann ich gut verstehen. Ihr seid verdammt mutig und ich wünschte, ich hätte solche Freunde wie euch." Er nickte anerkennend und schüttelte jedem einzeln die Hand. "Passt gut auf euch auf, ja?"
Die Four Tops nickten, nahmen Hey Jay in ihre Mitte und gingen hinaus. Glücklicherweise hatten sie jetzt noch einen gemeinsamen Abend bei Lina vor sich.

"Sollen wir es Peter erzählen?", fragte Jola, als sie alle um eine dampfende Schüssel Spagetti am Küchentisch saßen.
"Lieber nicht, wenn er mit meiner Mutter telefoniert, flippt sie aus", wehrte Lina ab.
Sie hockten im Kreis, schlabberten ihre Nudeln, und Patsy und Hey Jay mussten wieder und wieder die Kellerstory berichten. Irgendwann meinte Ali: "Ich finde, Hey Jay muss in unsere Bande. Was meint ihr?"
Mit viel sagenden Blicken versuchten sich die Four Tops zu verständigen.
"**What's going on?**", fragte Hey Jay irritiert. "Do

What's going on? Was geht hier vor?

you have more plans for catching thieves?" Und ein kleines bisschen traurig fügte er hinzu: "Or is it a gang **secret**?"
"No", sagte Patsy bestimmt. "It's about you."
Sie zögerte, dann nickten ihr die anderen zu. Sie stand auf, streckte sich und sagte in dem wichtigsten Ton, den sie finden konnte: "Because you are **brave** and clever, strong as leather, and because you are a **true** friend ..." Patsy schluckte, "... because of all that, from now on and for ever, you are a **member** of our gang."
Alle sprangen auf und vollführten einen wilden Indianertanz. Dann gab es noch ein Schokoladen-Wettessen und ein Chips-Wettessen – knallhart, gegen Jola ... Aber Hey Jay besiegte sie heute alle.
Als sie spät in der Nacht einschliefen, dachte Patsy zum ersten Mal darüber nach, wie es wohl ohne Hey Jay werden würde.
Langweilig würde es sein: boring, very, very boring.

Am Sonntag Abend kamen Hey Jay und Patsy müde, aber zufrieden zu Hause an. Hey Jay ging sofort in ihr Zimmer. Patsy zu ihrer Mutter. Die hörte grad im Wohnzimmer laut Musik. Doch als Patsy eintrat,

---

secret Geheimnis
brave mutig
true *hier:* echter
member Mitglied

stellte sie sofort die Anlage leiser und nahm Patsy in den Arm.

“Schön, dass ihr wieder da seid, Patsy. Und gut, dass ich dich mal allein sehe, ich wollte dir nämlich schon längst etwas sagen. Dein Dad und ich, wir freuen uns wirklich sehr, dass du dich mit Henry James angefreundet hast. Weißt du, wir wollten es dir eigentlich nicht erzählen, aber er hat als kleines Kind Hautkrebs gehabt, deshalb muss er sich vor der Sonne schützen. Ein Sonnenbrand wäre nicht gut für ihn.”

Patsy schluckte. “Deshalb also diese Riesenkappe und der Schirm?”

“Ja. Wir wollten nicht, dass du Mitleid mit ihm hast, denn er ist wieder gesund. Jetzt, wo ihr Freunde geworden seid, solltest du das wissen. Aber behalte es besser für dich, ja?”

Nachdenklich ging Patsy in ihr Zimmer. Da lag Hey Jay, zusammengerollt, mit seiner Kappe auf dem Kopf, in seinem Bett und schlief. Neben ihm sein Rucksäckchen und sein Sonnenschirm. Sonnenschirme sind so schlimm auch wieder nicht, dachte Patsy. Sie hatte sich sowieso längst daran gewöhnt.

What a cousin, dachte Patsy noch, warf sich auf ihr Bett und war sofort eingeschlafen.

Das Ende. Das Ende?

Es war eine schöne letzte Woche für Hey Jay und Granny. Patsys Eltern und Granny machten noch etliche Ausflüge, damit Granny immer schön in Bewegung blieb. Patsys Klassenkameraden umringten Hey Jay immerzu und redeten Englisch so gut und so viel sie nur konnten. Es gab noch viele Bobby-Spiele und sogar Herr Isselstein war verhältnismäßig freundlich. Außerdem freuten sich die Lehrer ebenso wie die Kinder auf die Ferien und am Donnerstag war es endlich so weit.

Donnerstag
Der letzte Schultag! Es gab Zeugnisse, die relativ gut ausgefallen waren. Jola hatte eine 3 in Englisch, und darauf war sie mächtig stolz. Kurz vor Schulschluss meinte Frau Mennemann strahlend: "Und nun, ihr Lieben, gibt es noch eine kleine Überraschung. Alle ab in die Eingangshalle!"
Alle stürzten aus dem Klassenzimmer. Unten war die ganze Schule versammelt und applaudierte, als Patsy und ihre Bande kamen. Da standen Herr Direktor Schmilinsky und einer der beiden Polizisten mit Jolas Kasse in der Hand. Der Direktor hielt eine lange Rede über seine tollen, mutigen Schüler und Schülerinnen, und zum Schluss sagte er: "Jetzt bekommt Jola ihre Kasse zurück und dann gibt es eine kleine

Überraschung, bitte schön." Er war vermutlich aufgeregter als Patsy und ihre Bande, der Herr Direktor. Jola stand stolz da mit ihrer Kasse, und er schaute sie erwartungsvoll an. "Nun mach schon auf", sagte er ungeduldig.
"Auf? Was denn?" fragte sie verdattert.
"Na, die Kasse."
Und Jola öffnete ihre Kasse.
Darin lag ein Scheck.
Sie hatten eine Belohnung bekommen!

Am Nachmittag gab es eine Abschlussparty bei Patsy, darauf hatte sie bestanden. Granny durfte für alle fish and **chips** machen, Patsys Mutter hatte ihre beliebte Erbsensuppe gekocht, es gab Kartoffelchips in Unmengen und laute Musik.
Sie hatten beschlossen, das Geld, so wie es Jolas ursprünglicher Plan gewesen war, einer afrikanischen Schule zu spenden. Aber einen Teil wollten sie behalten und zur Inneneinrichtung ihres Bandenquartiers auf dem Dachboden von Linas Haus verwenden. Schade nur, dass Hey Jay das nicht mehr sehen würde.

Freitag

Der Abreisetag war gekommen. Alle standen im Flughafengebäude. Ali, Lina und Jola waren mit Li-

---

chips Pommes

nas Mutter gekommen. Nur noch wenige Augenblicke, und Hey Jay und Granny würden verschwinden. Sie standen schon am Schalter, um ihr Gepäck aufzugeben.
Patsy schluckte, es war kaum auszuhalten.
Da ertönte eine freundliche Stimme über Lautsprecher: "Sehr geehrte Damen und Herren. Es tut uns sehr Leid, Ihnen mitteilen zu müssen, dass wegen eines Fluglotsenstreiks in London alle Flüge nach Großbritannien storniert wurden. Wir hoffen auf ihr …"
Patsy hörte nicht weiter zu.
"You have to stay!", rief sie. "There's a strike in London, you can't fly home! You have to stay longer!"
Und dann ging alles ganz schnell. Alle redeten wild durcheinander. Die Schlange am Schalter löste sich auf, viel Leute schimpften, nicht so Patsys Eltern, Hey Jay und Granny, und natürlich die ganze Bande.

Life is an adventure, dachte Patsy überglücklich, als sie am Abend wieder in ihrem Bett lag. Die Kuhwand stand jetzt vor dem Schrank, sodass man sich dahinter umziehen konnte. Patsy schaute auf das Bett, in dem Hey Jay lag und tief und fest schlief. Patsy würde dafür sorgen, dass ihre Mutter einen

---

Life is an adventure. Das Leben ist ein Abenteuer.

irrsinnig großen wunderschönen Blumenstrauß bekam, denn sie hatte eingewilligt, dass Granny und Hey Jay nochmal drei Wochen blieben.

“Du lebst so vor dich hin / ohne Böses im Sinn / und da klingelt schon / das Telefon:
Du kriegst Besuch – a visitor – du kriegst Besuch – a visitor.
And he only speaks English / no German at all / he’s a superman / and can play football.
O yeah – a visitor – o yeah – it’s great to have a visitor!”